eye.
守望者

——

到灯塔去

[法]保罗·莫朗 著 唐淑文 译

旅行

Le Voyage

Paul Morand

南京大学出版社

序　言

"罕见、短促、紧密……"保罗·莫朗似乎在谈论一个特殊的发动机，一个神奇的齿轮比。但这就是他的风格，他自己的风格；他正中靶心，劈啪爆裂，凝滞不动，继而伸直的腿微微颤抖，宛如一匹在跑马场耙平的沙子上疾驰的种马。于是，在仿佛安装了化油器电池的段落上，语句被出其不意地连接在一起，砰然作响，让人晕头转向……

闪光、使用宝丽来相机的眼睛、喷气式飞机上向前跟踪摄影的结构，这是保罗·莫朗最优秀的部分，亦是他尤为擅长的方面。"速度像黑色反光的手枪一样美丽"，他写道。我们无数次赞美他的速度和节奏，赞美他在文学上的近距离旅行以及在生活中的长途旅行,我们赞美他对声音和材料的品位,还有像汇集在费尔南·雷捷①画作上的关于人类、地点、机器的诗歌:夹在欧洲两次战争大震荡之间的那一去不复返的高雅、骄傲,有时又倨傲的四海为家的黄金时代。

旧皮革、摇酒壶里冰镇的鸡尾酒、粗呢和丝绸混合在一起的味道、黄油、被扔进机器怪物般锅炉里的煤炭、昂贵的香水以及横渡大西洋的客轮船尾甲板上的步态舞的杂烩,我们在莫朗苦涩的复仇地雷后再一次发现了它们。他学会划清界限的充满现代主义、异国情调的小玩意儿,在素材揉成的铃铛里他能够将其恢复原样,使其变得超现实主义……

1927年,阿歇特出版公司出版了第一版《旅行》,其中一些文章里夹杂了实用建议和一般性考虑。这一版收录了保罗·古斯②的《运气》、保罗·维亚拉尔③的《体育》和弗

---

① 费尔南·雷捷(Fernand Léger, 1881—1955),法国画家、雕塑家、电影导演。——译者注(如无特殊说明,本书注释均为译者注。)
② 保罗·古斯(Paul Guth, 1910—1997),法国小说家、评论家。
③ 保罗·维亚拉尔(Paul Vialar, 1898—1996),法国作家。

朗索瓦·莫里亚克①的《外省》，其中文章标题有所改动。根据惯常的做法，莫朗在1964年修订了文本：在出版方的要求下，他进行了增添与修改，加入了1930年由费尔南·阿赞（Fernand Hazan）出版社出版的《没有钱的旅行》一文②。

"我在二十世纪二十年代说过的话与在七十年代应该说的话完全不一样。更不要说在装备方面了！"莫朗对皮埃尔-安德烈·布唐③明确说道。④ 这一时期比六十年代更加阴郁，此时沃韦主人⑤身上的悲观主义高于一切，尽管这位年过75岁的老人丝毫没有松开莲花或塔伯特汽车的方向盘，却无疑有一种在原地打转的感觉。竞选法兰西学术院院士的接连失败（1958年以及1959年戴高乐的介入）、

---

① 弗朗索瓦·莫里亚克（François Mauriac，1885—1970），法国小说家，1952年诺贝尔文学奖得主。
② 更多书目细节请参考普拉斯（Georges G. Place）《法语文学编年史》（*Chronique des lettres françaises*，1977）中"保罗·莫朗"一章。——原注
③ 皮埃尔-安德烈·布唐（Pierre-André Boutang，1937—2008），法国导演、制片人。
④ 参见《与保罗·莫朗的对话录》（*Les Entretiens avec Paul Morand*），Pierre-André Boutang, collection Archives de l'histoire, Editions de la Table Ronde. ——原注
⑤ 指保罗·莫朗。1948年，莫朗家族在瑞士沃韦定居，租住在艾乐城堡的一楼。

旅行

1962年精神之子罗杰·尼米尔①的离世、1963年最近一部作品《哈布斯堡的白人女子》(*La Dame blanche des Habsbourg*)所遭到的批评……更不要忘记年龄坡度,这一没有光明的山坡让他隐约瞥见了埃莱娜(Hélène),他的妻子、他的姐姐。幸运的是,将来还有《威尼斯》(1971)这颗暮光钻石,这最终的激浪。

对于《注解和箴言》(*Notes et Maximes*)这本文集而言,只有一句口号——心情,一条规则——快乐,有些人则会称之为任性。不管书名如何,《旅行》不是随笔评论,而是日记、速写本、哲学思考以及檄文的杂烩——我想到了1924年路易·威登设计的圆柱形旅行袋 Keepall,这款旅行袋将舒适性和耐久性结合在一起,柔软且容量大,既可以放置衣物,又像一只魔术袋。

在两次疾驰和一次缓步之间,优秀的骑兵莫朗松开缰绳,让他的坐骑——灵感——自由行走。他随意但不拐弯

---

① 罗杰·尼米尔(Roger Nimier, 1925—1962),法国小说家,"轻骑兵"(Hussards)文学运动的主导人。

抹角地向我们解释汽车的经久耐用、邻国的旅游倾向、国际列车的魔力、斯坦布尔的大巴扎①、带薪假期的恐怖。迁徙、人口外流、朝圣的相对优点带来了旅行箱、带锁的手提箱、马车、飞机、管道、缆绳等。应邀而来的旅客将在帕斯卡尔、蒙田、巴尔扎克、泰奥菲尔·戈蒂耶、莫泊桑、亨利·詹姆斯的桥上、走廊里交错而过。拉尔博与巴纳布特共进晚餐,歌德在阿尔卑斯山那一边的旅店结账,被臭虫叮咬的维克多·雨果在布瑞旅店的墙上写下愤怒的斥责。按照等级、世纪、排场大小,从黑色的壁炉到红色袖口再到机舱货舱,莫朗将法兰西国王、男高音、外交官、画商、检票员、亿万富翁、宇宙志学家和航海家一一召唤过来。所有的旅行动员令以及所有应召而来的结伴或落单的大军!

让我们回到汽车这一问题上来,回到这些如同不受惩罚的恶习被莫朗滥加使用的纯血统布加迪威龙上来,回到它们那被无法餍足的发动机藏起的灵魂上来。它们揭示了莫朗的心理状态。"一种可怕的快乐,"他承认,"驾驶赛

---

① 意为集市、农贸市场。

旅 行

车驰骋就是在给予自己生命……"在驾驶员非常稀少的年代里,他们在省道上疾驰时如比赛中的骑士一般相互致意。关于速度,他也做了明确说明:"我向速度要求的,就是把我送到自己的前面……"看来千米每小时的诗意是麻醉剂也是镇静剂,是逃避他者也是自我逃避。像人们设立障碍一样增加距离。把界石看作弹药,把海关视为子弹夹。掩盖踪迹,即使它们是飞机留下来的痕迹。他打着与福楼拜在东方那一章里同样令人快乐的节拍:在酷热的南风中,对托尔托尼咖啡厅的柠檬冰激凌的记忆取代了下努比亚。因此,我们必须总是走得更远,走得更快,远离同类与自己,必须"轻盈、自主、简单,仿佛回到了前亚当时代",得到难以言说的幸福和"重新找回的童年"……

但这依旧可能吗?"任何一次旅行都不如人们幻想中的美好……"莫朗苦涩地总结道。在 1927—1939 年的法国外交生涯的"假期"中,他在纬度上奔跑,在经度的斜坡上滑行。

冒险、启蒙与仪式的赐福时代!

阿蒂尔·兰波销售至拉法叶百货公司的版本并非袖

珍本。在东方快车的餐车里,在匈牙利被雪覆盖的苍莽平原前,罗马尼亚的波雅尔、信奉毗湿奴的印度人、卖貂皮的土耳其大商人、日本军官以及外交信使在粉色灯罩的微光下相遇,而不用忍受背着口袋、结结巴巴讲着国际萨比尔语的游客。在一个几乎没有开始的新空间里,稀释能力依然完好无损,理想的溶液。面对杂牌大军,人们曾有机会消失,有机会挫败自己的狂热与反射,即欺骗自己的神经与身体:"远离阴影,播撒自己的复制品……"啊,几个旅行家,几个从兴趣出发的启蒙者或学者,像跳入水中一样投身地理的时代已经太遥远。旅行,依然是逃避,依然是从赛车车轴底下带回变为现实的未来:生命的暂停片段、瞬时快照。一个计划的剖面图:一千个水平穿过的宇宙,在镁光灯下成为或几近成为永恒。

因此,为了重新聚集他应有的例外及特权宝藏,熟悉的恶魔浮出水面。不信任现代离心机的莫朗一边保持转弯的方向,一边叫嚷道:我们离地狱只有几步远!旅行不再是一种特权,一种神圣的目的,而是那些无聊的、定期出发的单色人群的平淡消遣。包机带薪假期已经蚕食了生命的冲动,拯救一切的冲动,蚕食了人类面对群体的终极反射。

欧洲"像正午的地铁那样挤满了人";"通往珍贵之物的狭窄道路",可能存在的小径上的白色碎石,已经变成通往交汇地的高速公路,成为一项年终促销活动。避暑的人、去温泉疗养的人、旅行度假的人滑稽地模仿迷宫中的忒修斯,但他们既没有遇到迷宫,也没有看见弥诺陶洛斯……

莫朗与这颗行星都已衰老。他曾知道并试图得到的一切沦为了所有人的消费品。他强调道:亲密的单独会面变为食堂,密室成了多人寝室。人们在登山铁缆上听着德彪西的音乐,门房在喝下午茶的时候引述普鲁斯特的语句。因此,世界的尽头在哪里?"我多想到彼一游好确信自我的存在。"瓦莱里在《我的浮士德》里感叹道。

显然,保罗·莫朗是一位所驶之船将要消失或沉没的船长。仅受情绪驱使的他只有在独奏时才会设想自己的行程。不接受任何人的任何教训。灵魂是一种敏感的物质,面对合唱、季节性迁移时,它会枯萎。事实上,所有在

亨利·卢梭,《嘉年华之夜》

外的风帆都独自掌舵,莫朗给我们上了一堂关于独立、骄傲与满足的课。相信美就在我们身上——主观且令人费解——当人们走向丛林时,他抵赴深海。这位旅行家依然是一个不服从的叛逆者。反社会的莫朗只为自己演奏。他喜欢自己"无处不是异乡人的样子",杀死他永久的"百搭牌"。

在这本遗言书中既有古罗马的衣褶,又有匕首的刺伤,沉闷的痛与诙谐和毒芹一样多。谁还记得像扑向毒品一样投身东方的奈瓦尔?厌倦创造幽灵的戈蒂耶找到真实幽灵了吗?总之,我们的梦想是否已经勾画出了王国的现实?

我们都来自一粒非常奇怪的沙,因为我们必须用很长时间来想象地图册,必须把自己当成理查德·伯顿[1]、托马斯·库克[2]或勒内·卡耶[3],为阿拉伯夜晚细长的桉树林里的第一个沙丘而颤抖,为沙漠尖锐的闪光而颤抖。我们想

---

[1] 理查德·伯顿(Richard Burton, 1821—1890),英国军官、著名探险家。

[2] 托马斯·库克(Thomas Cook, 1808—1892),英国旅行商、近代旅游业的先驱,也是第一个组织团队旅游的人。

[3] 勒内·卡耶(René Caillé, 1799—1838),第一位探访位于撒哈拉沙漠边缘的城市廷巴克图的人。1838 年,他死于此次旅行所感染的热症,终年 39 岁。

象中那些热情的发起者,在我们的曙光降临之际离开了我们,他们被这个世界凹凸不平的景观震惊,他们只是跟踪者,只是打猎时帮助驱赶猎物的助猎人……

未来我们是否应该如莫朗所引以为豪的那般,化身为旅行箱,去重新找回原始感觉的短暂震动?我们是否应当再次操控速度这个暧昧的湿婆,就如她操控我们一样?

"出发!这个优秀发射物的梦想……"孤独是严肃的、必不可少的,在心脏的沉默里,我们听到了万物如香水一般脆弱的旋律。因此,莫朗先生,我们也将一一把自己投入经络的森林里。在您之后,如果不是太晚,这个世界将因为讲出自己的名字而颤抖……

让-吕克·柯亚达廉[①]

---

① 让-吕克·柯亚达廉(1959—),法国记者、作家。

亨利·卢梭,《卢森堡公园的肖邦纪念碑》

目　录

旅行的唯一目的 / 1

社交旅游 / 11

边　境 / 21

从　前 / 25

向过去旅行 / 31

别了，东方快车 / 45

有益的旅行 / 59

出　发 / 63

当地球在同一时间歇息…… / 71

行李箱 / 75

没有钱的旅行 / 79

持续的迁移 / 91

在二等车厢的旅行 / 97

到　达 / 101

速　度 / 107

开车旅行 / 111

返　回 / 117

旅　伴 / 123

世上最美的风景 / 127

观　点 / 131

格言和谚语 / 151

在旅行中死去 / 155

旅行的唯一目的[1]

旅行在过去首先是集体性质的：迁徙、打仗、朝圣、逃难、转移，诸如此类。

今天又回到了它的本义：群体迁徙。现在，假期被社会学家冠以别名——"季节性移居"，同时也被看作"消遣活动"。蓝色海岸的一处社交圣地的广告语则委婉表示：旅行是群体的孤独！

大家都是旅客；留守的人反而变得特立独行。所有的人都在路上。旅行不再是心血来潮，而是受神秘的迁移规

---

[1] 出自马拉美1898年为纪念达·伽马航海四百周年所写的诗歌《旅行的唯一目的》（"Au seul souci de voyage"）。

则左右。人情巨变：世人不再难离故土，反而欣然踏上旅程①。

当重读人文地理学大师们的著作时，人们惊讶于游记在白吕纳（Brunhes）或维达尔·白兰士（Vidal de la Blache）的作品中所占的比重之小。他们似乎遗漏了人际关系中变化无常、捉摸不定、变幻莫测的一面。在他们眼中，游牧民族和定居民族之间的简单划分、历史上的先例及丹纳的环境影响论都各有其长。可能这是因为"地理学家是从土地而非社会出发的吧"（吕西安·费弗尔）。只有莫斯似乎理解了向"流浪犹太文明"的这一回归。而拉采尔（Ratzel）以及涂尔干的学生们即使未将土地视为第一要素，也不否认没有"领土支撑"就不存在社会这一原则。

这本随笔的目的之一在于说明我们的当代生活不再是个人的，而是集体性质的，在于展现一个没有立足点的世界的社会形态，在于以夏日度假者、温泉疗养者、沐浴者或度假者使用的手提箱为视角来论证人类地理学，我们敢

---

① touristy 是 D.H.劳伦斯新造的词。——原注

这样说。

　　这是一颗"栖息地"无人栖息的星球；生活的人造环境胜过自然环境，因而导致经济地理学新篇章的开启（这些经济学家在看到外汇大量涌入、无形进口增加后，马上认识到这关系到一种新兴事物）。地图册沉默无言；现代水文模糊了古老的边疆概念，在图册里面寻找它们只是一种徒劳。"自然框架"已死，领土疆界的虚线到此为止；尤其是自飞机的发明以来，公路再也不是必然选择。低汇率打造的"天然通道"比河流或山坳还要多。此外，山坳也不再让人望而却步；意大利筹划在国界处开凿一百三十七条隧道。

　　每次参观野营区、车子组成的移动城市都让我们收获颇丰。它们的街道、商店、供水点，一切在几个小时内都会消失，只消折好帐篷，卷起床褥，发动车子，像马戏团一样下次又出现在其他地方，难以想象这会对当地经济造成何种程度的改变。这就是前原子时代具有"弹性空间密度"的城市[①]。

[①] 参见 M. 拉贡（M. Ragon, 1924—　）：《明天我们将生活在哪里？》（*Où vivrons-nous demain?*），Robert Laffont, 1963。——原注

旅 行

两年前,在我们游览巴利阿里岛时,一个马略尔卡人的话让我们十分震惊:"这个夏天我们都不能出岛;所有的交通工具都被外地人预订了;一天内二十架飞机从伦敦起飞,在帕尔马降落;八月份,岛上的外地游客比居民还多。"这在岛上是种奇观。这一单向通道应该具有一种道德含义,即作为一种新文明——度假车文明的征兆。公共汽车取代了被人种学家视为珍贵细胞的村庄,从此叶落归轮。

人的出行同这些外汇交易一样不可见。相关数据即使不算无用,至少也是滞后的。当数以万计、难以核实的旅客在星空下露营时,我们如何相信瑞士旅馆业每月评估的整夜住宿量的最高数据?

旅行成为新的迁徙动机,它的冲击自外而来,加入了"被称为一种行动轨迹的几近抽象之物"(维达尔·白兰士)[①]。人种学家们认为除了饥饿、季节性活动、寻找劳动力外,迁徙还有其他动机:出于图腾崇拜而迁徙。我们难道没有参与新偶像——旅行俱乐部、旅游广告、被所有小

---

① 参见维达尔·白兰士:《法国的地理概貌》(*Tableau de la Géographie de la France*),Librairie Hachette, 1903。

说家赞扬过的海滩盛典①、海底捕鱼、音乐节——的诞生？从前有思想之路②；从前有信仰之路，德尔斐、麦加、德孔波斯特拉之路；我们今天还存在寻味之旅，或更甚，迷恋之路，这路跨越了政治意义上的国界线③。

可悲的是，理想的边境线突然分崩离析。荷兰人匆匆出国去满足他们的山脉情节，腾出位置给渴望大海的瑞士人。在不考虑热火朝天的罢工，办理签证，酷热或蚊虫叮咬，接种狂犬病、破伤风、天花、百日咳、黄热病或百白破疫苗的情况下，只消在夏日一个美好的周末注视驶向加拉万区或瓦洛尔布镇的鸣着笛、长达三千米的车队，我们就能发现边境线存在的日子屈指可数。社会学家们谈论国界时所命名的"接邻压力"之物正在转化成另一种不可抵抗的压力，即离心扩张的压力。今天的海关就像 1920 年前后设置在城市入口的关卡，那时老爷车上哪怕有只诺曼底

---

① 参见保罗·莫朗:《海水浴，梦之浴》(*Bains de mer, bains de rêve*)，La Guilde du Livre，Lausanne，1961；Arléa，Paris，1990。——原注
② 参见贝迪埃(Bédier):《追随行吟诗人的足迹》(*Sur les traces des troubadours*)。——原注
③ 参见 M. 莱姆:《物的奇怪一生》(*La Vie étrange des objets*)。——原注

文森特·梵高,《圣玛丽附近的海景》

的小鸡没有申报,也会被拦在马约门外。

昨天,旅客在静止的世界坐立不安。在那最好的日子,在经济危机中的三十年代,人们无须预订座位,就能跳进总是空荡荡的火车里,以低价买到火车最好的车厢的座位!今天,人人都在旅行;公路成了逃离路线;英国人修建了三十分钟就能组装完成的房屋;保守主义的象征罗马教皇也在路上;洋流疲倦于永恒的轨迹,偏离位置,改变了气候;工程师在中亚山脉引爆原子弹,抽空海水,人工造湖(这种"渗流式迁移"无视国界线,和平条约的起草人及战略家划定争议领地、切割短命国土的心思都白费了);柏林墙同中国的长城和抵御苏格兰皮克特人的罗马长城一样,都是一种逆行倒退。

我们认为在这些持续的转移、渗透式的迁徙中存在一种深刻的原因:现代的旅行是个人防御的一种反应,是一种反社会的举动。旅客则是不屈服的人。这是远离国家、家庭、婚姻,逃离税务、多元功能、民族禁忌,避开殴打、违法的一种方式。从中我们可以发现一种类似胡格诺派的反对的抗议,因为胡格诺派的反对口号就是避难;避难、逃

旅行

离、旅行、自由、解放，诸此种种互为依赖。这些皆关系到"远离"……英国人渴望远离雾霾；美国人渴望远离中西部的无聊；也有人渴望从专横的母亲、暴躁的妻子、嫉妒的情人身边逃开。而一旦越过边境线，你便成了一个异乡人，不管带没带外币，你都是一个不可侵犯的人物、一个外国富豪；用利涅亲王的话来讲："我喜欢自己无处不是异乡人的样子。"有人为了存在旅行；有人为了生存旅行；有人为了摆脱束缚旅行。而为了向自己解释清楚，我们需要沉到潜意识中去。不由想起亨利·莫尼埃《通俗场景》[①]中的那出幕间短剧。一对巴黎恋人在驿站前依依分手：

年轻女子：要分开了，不吻我吗？

年轻男子：当然……来……

（女子把面孔埋进手帕里。）

（男子抽着雪茄渐行渐远。）

---

① 参见亨利·莫尼埃（Henri Monnier, 1799—1877）：《通俗场景》（*Scènes Populaires*），Librairie de la Société des Gens de Lettres, 1879。

旅客想要得到认可,不愿像气态的幽灵一般,在单调的社会稠液里消融。而这正是瓦莱里在《我的浮士德》中所表达的形而上的东西:"世界的尽头在哪里?我多想到彼一游好确信自我的存在。"

社交旅游

> 集体玩笑以及生活中必不可少的欢乐的集中营。
>
> ——J.‑L. 博里

这是捉迷藏游戏的一个巨大组成部分。欧洲处处与美洲玩游戏,而游客们则沉湎于躲猫猫游戏:瑞士人刚刚动身去意大利的波西塔诺或拉帕洛,意大利人就占领了瑞士的圣莫里茨,法国人则去了韦尔比耶;当加利福尼亚人参观莎士比亚的国家时,英国的女大学生们坐满了旧金山音乐厅。乡下人还未旅行;而当他们开始时,他们势必要涌向城市,在那里,他们将占据城里人留下的空床。

旅行

这些数据表明,集体旅行从此远远超过了个人旅行;集体旅行面向的是经常在家、仅靠身体移动,但像雪球一般越滚越大的人群。几年前,一个小城的药剂师还不敢离开他的药房;一旦得知省药品杂货商报名参加了为期三天的海边远足,他也会就此动身,花一天时间做自己喜欢的事。每一年他的活动范围都会扩大:继敢于环诺曼底群岛一游后,第二年夏天他会出现在希腊岛屿;再十二个月,我们将在波斯、尼罗河、加拿大的湖边发现他,以及他的百十个旅友。

就这样,职业各不相同的人们从两层汽车里走出,在云母车顶上更好地欣赏山峦,一个小时内就住满了所有的大酒店;汉堡的药品杂货商追随洛桑面包师傅的脚步,后者把位子让给了雷诺工厂的装配工、安特卫普的面粉厂厂主、拉邵德封的钟表匠,一个接一个地来到阿格里真托、赫内拉利费宫的寺庙或格拉纳达的花园。

诸此种种都是直达的,无须换乘,也不用在车站等待,而在过去,他们常被此搞得晕头转向。我们经常谈论旅行的种种乐趣,但也不应忘记其中的危险。过去,对危险的恐惧,哪怕这些危险通常是臆想出来的,使很多胆怯谨慎的人待在家里;而现在,集体旅行则给了他们保障。数量保证安全。使分散在博物馆或花园的游客们集合的导游的细心照顾,大客车司机的鸣笛,旅行社或旅行代理人像祖母或教母一般无微不至的关怀。车站手续、海关程序、疫苗接种间期、警方检查、出租车司机的攻击和"抢劫"游客的钱包、不懂方言的悲剧以及状况频出的换乘,都神奇地不复存在:受到威胁的个人融入了被重重保护的集体之中。航船前进,受惊的鲨鱼望风而逃。

对迪伦马特①而言意义非凡的来访的老妇人,现下有足够的时间纵情享乐:讲八卦、逃离家庭问题、展开没有危险的旅行、获得新的见闻,以及向陌生人讲述日常生活圈子里的人早已腻烦的往事旧怨。她曾被旅行社承诺的"优雅的氛围"所迷惑;从不曾乘坐直达"电梯"降落在沙滩上;从未体验过中国修脚师傅的服务;从未在空调厨房吃饭;从未住过配备了烟草保温箱和狗狗蒸汽浴的城堡酒店。

---

① 弗里德里希·迪伦马特(Friedrich Dürrenmatt,1921—1990),瑞士德语作家、剧作家。1956 年他创作了《老妇还乡》,讲述了一个亿万富婆回到贫穷家乡复仇的故事。

克劳德·莫奈,《伦敦格林公园》

旅行

她先是犹豫,继而高兴,心甘情愿地进入新时尚,对这吞噬了当代西方生活的假期循环感到欣喜若狂。如今,这一循环从复活节开始,一直持续到万圣节……万圣节结束后正是考虑滑雪、甲板、周末、上课、钓鱼、海滩、请假、休带薪假、骗取假期、争抢假期、秘密度假、组合假期的时候(1963年法国有137天假期)。工作不过是两次休假间的草草了事。65%的游客是年轻人。正是因为他们,在二十世纪三十年代前后,各国纷纷成立了娱乐专署、国家级机构,出台了假日政策以及根据社会阶层、习俗、部落、协议、咒语、禁忌、收入划分的成文或不成文的细则。您愿意在阿拉斯加猎杀驯鹿、在加拿大猎捕驼鹿、在安达卢西亚猎捕大鸨或者在瓦伦西亚的阿尔比费拉公园打野鸭吗?旅行的路线多种多样,有为四处闲逛的人准备的路线,也有为行程紧张的人专设的旅线(汽艇、精准计时的潜水钓鱼、脚蹼、呼吸口罩、水肺、保温服——潜水运动协会出租一切装备),至于忙碌的商人,也有狩猎远征套餐可供他们选择。空无一人的街道尽头(但现在还存在无人的街道吗?),外省的老妇人也像小孩子一样玩起离家出走的把戏。在消失的三天里,她去了哪里呢?凌晨,她坐上旅游大巴,中午在布鲁日享用午餐,欣赏完郁金香园,在荷兰用晚餐;第二天,她前往汉堡港;第三天回到法国,逐个参观兰斯的酒窖、勃艮第的城堡,还要逛一逛第戎的美食集市。仿佛只是去隔壁城市采购,静悄悄地,她又回到了外省小镇……明天,她将去克什米尔的杜鹃花展,在美国的樱花大道上徜徉,在苏格兰钓鲑鱼,在里约过狂欢节,在汽车旅店里过夜。更好的是,不用工作!

在自谋生路之前去发现世界,可以说是生存最大的乐事了。英国十七、十八世纪的年轻领主们便是如此,今天我们这一代人也效仿他们。我们这代人虽然囊中羞涩,却能分文不花就完成这一旅行:为搭顺风车我们会在农场打工,在港口码头打扫卫生。近三十年前,也就是苏联建立之初,我们看到莫斯科的学生成群结队去中亚:这老人的地狱曾是年轻人的天堂。英国人有个单词叫"beach-comber",意为"海滨流浪者",专门用来形容这些浪漫的流浪者,不计报酬的装卸工、临时小水手、在路上挥霍的浪子顽童。这是奥德修斯、蒙田、卢梭和夏多布里昂留下的传统啊。

1875年,伦敦成立了第一家野营俱乐部。法国的野营俱乐部要到1910年才出现。最早的旅游协会出现在二十世纪三十年代,青年旅舍也在同一时期萌生。自此,"懒惰反而比勤劳工作赚得更多。在索洛涅,一公顷田地租给佃农可赚一担小麦,租给猎户则能赚到十担。自此,开高尔夫球场比开工厂还要赚钱;一泳池温暖的海水胜过一队渔船,等等"(《法国生活》)。

路的情人饥餐公里,渴饮空气,如饮香槟一般。这些马可·波罗的微粒,这细渺之路上的君王,好似啃食地衣的驯鹿在走动。最封闭的边疆也阻不断交通;降落的铁幕从来不会长久;即便在野蛮时代,交通道路不复存在,也有最无畏的旅人,那些朝圣者和十字军远比狱卒强大;人类的好奇心是一种饥饿。

即使在这样一个被勘察殆尽的世界里,依然有许多未知地带;西藏、喜马拉雅,我们对此还知之甚少,随着勘测人员的专业化,我们发现我们栖身的星球仍有相当一部分不为人所知。流浪生活、越冬的沙漠旅行队、大学生俱乐部以及骑马旅行,都是避世的旅行狂热的表现,现在已是司空见惯。去哪里呢？去往未知的爱还是新的惯例①?

选择旅行的常见原因:价格低廉。聘用外籍劳工与中产阶级的休闲娱乐同理。一个四处漂泊的木匠说:"哪里有钱赚我就去哪里。"因此这一迁徙还在继续,我们涉身其中的这一经济浪潮还在翻腾,自二十世纪三十年代开始的劳工流动仍未停止(工人旅行协会);严格意义上的团体自二十世纪二十年代开始集体旅行:包价旅行(1920)、贷款旅行(1937)、大学观光②、未满三十岁人俱乐部、步行者俱乐部(漫步者协会)、单身旅行俱乐部等。

自二十世纪五十年代以来,一些专业俱乐部(如地中海俱乐部、海豚俱乐部)开始配备自己的飞机、小型客车,在卡达克斯、丹吉尔、塔希提或克基拉岛拥有十三个茅屋村庄,在首府大城开设连锁店,在非洲获得狩猎远征许可,在杰尔巴或胡塞马拥有海滩,在圣·莫里茨、莱森、蒙乃第

---

① 在 routine(意为惯例、常规)一词中,包含 route(意为道路)一词。——原注
② 参见马里奥蒂(G. Mariotti):《旅游史》(*Storia del turismo*),Rome,1958。——原注

耶建造避难所,等等。

　　裸体主义者俱乐部的会员们身无寸缕。这些俱乐部自己制造钱币;会员们在酒吧或者其他地方,用贝壳或从项链上拆下来的彩色珠子来报偿所得到的保护。

边　境

边境应该是橡胶做成的,因为它们时而为了军队的进入张开,时而为了针孔大小的路设卡。不幸的是,它们其实坚硬无比,也因此造成了多少堵塞!

道路突然收紧;桥梁和堤道使它变窄;要是桥梁和堤道从中断开的话,道路会就此废弃。在最狭窄的地方,在羊肠小道的中心,有人念道:海关。这是一块圆形的壁板,中间有一只红色的眼睛。旁边还有一块稍微不那么讲究的布告牌,上面写着:护照。

汽车一点点向前挪动,激动的手臂挥舞着汽车临时入境证和身份证件。开车的父亲一边擦着汗,一边让孩子们

亨利·卢梭,《收费站》

下车。警察数着人头,以免法国军队少了一位应征的士兵,抑或政府失了一位纳税人。但他纯粹是白费劲儿,在父亲把头探进汽车引擎盖找发动机号码时,孩子们早就跑开了。这些小孩还不解事;他们迈过边境,却没有受到任何阻拦;他们还不到被边境阻拦的年纪。

两个身着冬季制服的哨兵敞着怀。一个从厕所回来,另一个再去;厕所的栅栏后,有一个孔洞和一块能站脚的地儿;这一苍蝇飞舞的深坑,正是法国提供的第一处厕所。"我该等到了瑞士再去方便的。"女士们讲道。

在意大利辛普朗隧道,第一个接待我们的是米米乐家①。在奥利机场为我们开启法国之旅的第一块标语牌写着:警察局。在一个文明开化的国度(英国)几乎看不见警察。警察国家并不意味着开化。②

---

① Chez Mimile,一家餐厅。
② 原文中单词"警察局"是 police;"开化的"是 policé;"警察国家"中的"警察"是 policier。

从 前

> 亲爱的多米莱,祝您旅行愉快……
>
> ——德索谷耶①

迁移,从一点去向另一点,是高等物种的特点之一。史前人类已经进行了许多次迁移,不然我们如何解释西方墓穴里那不为欧洲人所知的玉器?为了抵抗死亡,这种生物没有愚蠢地耗尽自身进行防御,没有硬化,也没有仅仅去理解、抓住或吸收在其可消化范围内的东西,而是变得

---

① 德索谷耶(Désaugiers,1772—1827),法国诗人、滑稽喜剧作者。此处引文出自《多米莱先生》(M. Dumolet)。

旅 行

柔软,发现新的武器:速度。食物、受精、战斗,一切都是他上路的托词。这就是挣脱束缚的脚:低级神从躯壳中挣脱出来;他的思想即刻得到提高;他将成真神。

战争本身便是国家性质的旅行;傅华萨①称之为"战争旅行"。与和平渗透一样,它们在人民关系中起着关键作用,是国际生活的雏形。帝国战争②拥有这样的规模,只是因为十八世纪曾经是旅行者的时代,是与异乡人交换的时代,是新道路、驿站、邮局、轻车快船的时代。

1914 年,第一批发迹的军官都曾是漂泊的冒险家:曼金(Mangin)、古罗(Gouraud)、加利埃尼(Gallieni)、霞飞(Joffre)。人们常说,对于德国而言,如果说 1870 年的战争是小学教员的功劳,那么 1914 年的战争则要归功于旅游代理人。尽管 1918 年的战壕固定不动,但它们同样是旅行的英雄史诗。1940 年更是如此:除了战争,还有谁能资助一个贝里克郡的农民在埃及漫步,为一个挪威人的刚果之行付款?

---

① 傅华萨(Jean Froissart,约 1337—1405),中世纪法国作家。
② 指 1803—1815 年的拿破仑战争。

近些年来的战争似乎刺激了人类，将人们对旅行的渴望狂热化，并扩展到地球的边边角角。这道艺术沙拉、这碗我们置身其中的文明之粥、这各个阶级与各种肤色的混杂、政治的交融、崇拜的迁徙、习俗风尚的引入、财富的流失，在这里，货币贬值或经济过热造就的连通器是同一时代的标志。在迎向我们的灾难的洪流中，只有最机动的人才能幸存，只有最灵活的人才能逃脱。

从前，旅行就是闲逛。而今天，难得的时间非常昂贵，我们必须用心节省，像安排其他事情一样去筹划散步。如今，成百上千万的旅行机构以利用您的懒惰为己任，让您不虚度一分一秒。当今受到喝彩的定价旅行、预制路线要归功于苏联的国际旅行社；多么奇怪的反差，这两个发明竟然出自一个国民现今无权旅行的国度。

可怜的地理书啊：在十九世纪，地图册每二十年一换。今天，大概每小时都会有特别版的地图册面世。维达尔·

克劳德·莫奈,《撑阳伞的女人》

白兰士去重新发现奥特柳斯的《世界概貌》①,马东男(Martonne)带给小学生我们曾在奥内西姆·雷克吕(Onésime Reclus)笔下感受到的美好时代的忧郁。地理学不再是人文的;它不停地讲述着些什么,却毫无意义。它如同一位对着空空座椅讲课的教师。

我们看到,迁移在重大冲突后的重建期间成倍发生;继亚洲人移居东欧后,亚历山大的胜利、罗马的征服、意大利战争、文艺复兴、路易十四的征伐相继发生。谁是最先踏上征程的人? 如若不是最聪明的人,那会是最具想象力、最勇敢、最绝望、最贪婪的人吗?

人类从洞穴走向旅行车队。

什么可以被称为今天的游牧精神? 是创造建筑物的不可能性,是让位于色彩的形式,是取代了书本的报纸,是淘汰了报纸的快讯。

---

① 亚伯拉罕·奥特柳斯(Abraham Ortelius, 1527—1598),佛兰芒地图学家和地理学家,是史上第一本世界地图册的制图人;《世界概貌》(*Theatrum Orbis Terrarum*), Gilles Coppens de Diest,1570。

向过去旅行

> 这是我第一次去旅行……
> 还是提前的好……
> 我的记事本上一边记着花销,另一边记着感想。
> "上马吧,一家之主!
> ——这将教给你如何戴马刺。"
>
> ——《贝利雄先生旅行记》①

---

① 《贝利雄先生旅行记》(*Le Voyage de M. Perrichon*),欧仁·拉比什(Eugène Labiche)和爱德华·马丁(Édouard Martin)合著的四幕喜剧,1860年9月10日在巴黎玛丽·贝尔体育馆剧院首演。

旅 行

昨天,我们在某家塔特索尔①参加了一场马车销售会。受拍卖会的赔率所吸引,在这个雾蒙蒙的十二月,农场棚子、城堡马厩、种马栏里可能充斥着的所有陈旧积灰的东西都得以重见天日。在拍卖会上展示的,远远不止车辆,还有历史、艺术以及文学:那是图卢兹-罗特列克(Toulouse-Lautrec)《城市》(*Urbaine*)里的马车夫,马奈的四马马车上的银行家,布尔热(Bourget)的驯马师,泰奥菲尔·戈蒂耶的马车夫,巴尔扎克的信使——这么多拉撒路②像抬起他们的棺材盖一样,稍稍掀开盛燕麦的盒盖。

自图坦卡蒙之后,人们就再也没有见过追忆这样一个世界:豪华出租马车,四轮出租马车,双篷四轮马车,敞篷马车,轻便马车以及家庭四轮马车,带篷马车和轻便双轮马车,半个世纪没有拴着马匹的车辕和辕杆,配以黑色网的芥黄色车身,爆裂出黑色鬃毛的软垫长椅,风箱形状的

---

① 塔特索尔(Tattersall)由理查德于1766年创办,是世界上历史最悠久、欧洲最大的赛马拍卖行。
② 拉撒路(Lazarus),天主教译为拉匝禄,耶稣的门徒与好友。据《新约·约翰福音》记载,他病死后被埋葬在一个洞穴中,四天之后耶稣吩咐他从坟墓中出来,因而奇迹般复活。

埃德加·德加,《乡村的赛马》

皱巴巴的车篷,饰有勋徽的车门,被扯破的绸缎遮帘,挡泥板,微弱的吁驾声,所有这些童年深处之物又在我们耳边回响。

更准确地说,是我们逆流游向它们:我们回想起了1900年以前的香榭丽舍大街,如今在这条大道上的所有车库在当时都是马厩,在起于马里涅路、通向马尔伯路的一条小巷里,在我们住的公寓的阳台的下方,有人曾持缰展示过马的三种步伐。二十苏一场的赛马、马粪的气味、踏过路面的马蹄、邮车的红铜喇叭和马衔索的吵闹声、房间内带犬猎人的猎号声、带帽徽的大礼帽、翻口长筒靴、人字形的额带……

在《希伯来书》中,人们发现了最早的收费旅馆和驿站,以及从埃及通往其他国家的道路的密集使用。之后,古罗马人编织了一张巨大的道路网,我国境内的一些村路仍然叫"恺撒路";这张代表性的道路网在法国境内的交通枢纽是里昂,供公务员住宿的皇家宾馆和客栈指明了道路的方向。有三条主要通道:一条通向西班牙,一条朝向里昂、巴黎和伦敦，另一条通往德国。缀以住宿中心、通向度假胜地和温泉疗养所的道路啊，杰罗姆·科卡皮诺（Jérôme Carcopino）先生曾生动地描绘了沿途的如画风景。罗马帝国覆灭后，大规模入侵后不久，每个国家都被孤独所笼罩，直到查理曼大帝的到来各国间才恢复交流。查理曼大帝修复了古罗马时期的道路；他和达戈贝尔特一世都是我们伟大的复兴者。到了路易九世，他下令整修地方道路，并使封建领主为道路养护负责。劳役是定居者为旅客所做出的牺牲。

为了抗击像沙子一样前进的亚洲游牧民族，虔诚的步兵军队横空出世。十字军东征首先是法国人的旅行，在法国人中最活跃的诺曼人立下了赫赫战功。意大利人、英国人、德国人紧随其后。1000年后，朝圣者的人数增加；他们全副武装，成群结队。教会让人为他们祈祷；他们被免除斋戒。国内圣地：兰斯的圣雷米教堂、图尔的圣马丁大教堂、普瓦捷的圣拉德贡德教堂、孔克的圣富瓦教堂。国外：耶路撒冷、罗马、圣地亚哥-德孔波斯特拉。大学校为汇集教士、吸引学生组织了通信服务。道路上挤满了贵族的双轮马车和卧榻、农民的四轮货车、骑士和徒步的人。当时的人主要骑马或骡子（妇女们坐在马背或骡背上），赶赴罗纳、勃艮第、香槟和巴黎地区的有名集市；每个阶级都有各自的坐骑，贵族骑战马，有产者骑骡，犹太人骑驴。对车辆征收的手续费、通行税、捐税，以及如同在中国付给劫径盗匪的保护费，各种费用如疾风骤雨一般来临。中世纪抢劫的士兵团伙、傅华萨记载的盗匪、大型战役中被遣散的士兵散布了恐怖的阴影。

十五世纪初期，大马士革钢装饰的重型四轮马车从意大利和匈牙利向我们驶来。

文艺复兴以来，世界的方位得以确定，加泰罗尼亚和葡萄牙地图册第一次出现，指南针被发明出来，地理大发现时代就此开启。海洋战胜了道路："（对葡萄牙人来说）乘船从里斯本到巴西去比走陆路从里斯本到希尔图方便得多。"[1]从文艺复兴时起，畏缩的近海运输变成了长时间的航海，带来了各港口之间的非法交易，这种非法交易同

---

[1] 参见 S. 尚塔尔（S.Chantal）:《葡萄牙人的生活》（*La vie portugaise*），réf. non identifible。*Cf. Le Portugal*, Hachette, 1961.——原注

时也在日益完整的陆路网上进行。政治利益和经济利益变得多样杂乱。始于1552年《法国道路指南》的旅行指南随着1589年《法国旅游》的诞生而成倍增加；在十七世纪，库隆（Coulon）和圣莫里斯（Saint-Maurice）①的旅游指南做得最好。

法国国王路易十二和弗朗索瓦一世均是神奇的旅行者；巡回学者和艺术家带着更高的智慧和一褡裢沉重的隐迹纸本从异国他乡归来。这是自然科学被称为"外国艺术"的时代。蒙田创造的相对主义学说——通过种族的差异及气候的对比来解释社会现象——标新立异，扰乱了十六世纪，并在十七世纪引发了巨大的社会变革。

在弗朗索瓦一世时期，有篷的卧榻比四轮马车多得多。尽管蒙田马术不佳，他却在"腹中绞痛"的情况下骑了十个小时的马，且没有感到厌烦。卧榻和四轮马车都非常庞大；王后林荫大道则不够宽阔，过不开它们；黎塞留的卧榻宽到必须把墙面推倒才能进城。巴松皮埃尔（Bassompièrre）从

---

① 参见勒内·杜歇（René Duchet）：《旅行》（*Le Tourisme*），Vigot，1949。——原注

意大利带回了车辆的弹簧;这些卧榻以前被吊在链条上,后来换成了皮带。亨利四世时期出现了扶手椅(轿椅),招揽生意的小贩在出口处招呼轿椅的主人。我们还听说1914年以前,在盛会出口的街上,这种特殊的车子被高声叫住:"……大使先生的随从们……"

十七世纪,帕斯卡尔开创了巴黎公共交通。四轮华丽马车被速度更快、更便利的交通工具所取代,它们是国王大道上的敞篷四轮马车和像山羊一样跳跃的有篷双轮轻便马车。还有双座马车、敞篷四轮马车、有篷双轮轻便马车、四轮双座篷盖马车、威尼斯轻舟、驿车、摘掉铃铛以便休息的轿式马车。

新元素登上了舞台:快速。这时的快速是相对的,因为在十八世纪,从巴黎到图尔依然要花上五天时间,从巴黎到斯特拉斯堡需要十二天。在从巴黎去往枫丹白露的路上,路易十三大概是躺着的。亨利四世接受萨利(Sully)的建议,开设了运输服务,柯尔贝尔(Colbert)将其补充完整并加以改进,使法国的五十三个城市可以正常连通。路易十六时期,杜尔哥(Turgot)筹划了驿站、国家驿车、对梅尔歇(Mercier)而言意义重大的杜尔哥车、总部曾为圣马丁街上的大圣出租马车公司的公共车。自此,去巴黎是每个人,甚至曼侬①都能够办到的事情。

每隔十年,我们的道路都会得到改善。"只有法国和比利时人的小国家拥有古罗马时代的道路。"②(伏尔泰)1775年,亚瑟·杨格(Arthur Young)也对我们的道路大加赞赏,多亏了这些道路,一位利涅亲王可以大声说:"我的生活是多么美好啊!我曾经去过一次巴黎,在那儿待了一个小时,又在凡尔赛待了一个小时。"③(他生活在比利时的布洛伊城堡。)大革命时期,旅行依然有许多危险(卡图什和曼德朗④还未走远),当时的旅游指南建议人们身配"一把双管手枪和一把霰弹枪";旅游指南还补充道,"在把五

---

① 十八世纪普列沃神父的小说《曼侬·莱斯科》中的主人公,利用追求者的钱与情人私奔到巴黎。

② 参见伏尔泰:*Contes, satires, épîtres, poésies diverses, odes, stances, poésies mêlées, traductions et imitations*, Firmin-Didot, 1842。

③ *Bibliothèque universelle des sciences, belles-lettres, et arts*, la Bibliothèque universelle, Genève, 1816.

④ 卡图什(Cartouche, 1693—1721),法国名噪一时的窃贼,1721年被捕,并被处以死刑;曼德朗(Mandrin, 1724—1755),法国著名强盗。

克劳德·莫奈,《隆弗洛尔雪天的马车》

斗橱抵到卧室门后躺到床上休息之前,最好留心一下床底"。疏于管理的道路变得肮脏不堪,直到十九世纪初期在拿破仑的命令下才得到修整;拿破仑处决了在主要道路上横行甚至抢劫帝国信使的大量强盗。拿破仑本人经常乘坐他的轿式马车从法兰西的一端奔驰到另一端,车上有一张床、一张桌子和一台座钟;1809年,他用了两天半的时间从都灵赶赴圣克鲁。塞居尔(Ségur)向我们描绘了六小时内疾驰三十法里赶往西班牙的皇帝的英姿:鲁斯唐(Roustan)陪坐在皇帝身边,载着饭食的驿车在前飞驰,猎骑兵团护卫队紧随其后,而御厩大臣科兰古(Caulaincourt)则在车门旁边纵马奔驰。(拿破仑因为头大腿短,并不擅长骑马。)大军开过,人们只看到诸多车辆,有的摔坏了,有的翻倒在垄沟里,有的陷入深达一米的泥泞车辙中。

旅馆依旧经常不可靠;人们很难知道每晚会停在哪里,因为十八世纪的城市依旧会在夜晚关闭城门。我国旅馆的糟糕名声一直保持到了复辟时期,那时旅馆里总是塞满了军队和战士。1835年,雨果在布瑞旅馆的墙壁上写下

了这样的诗句:

> 见鬼去吧,肮脏的客栈,爬满臭虫的旅馆,
> 那里清早的皮肤满是红肿,
> 那里人们睡得很不安宁,
> 那里的厨房散发恶臭,
> 那里人们听到旅行推销商在高歌。①

瑞士和德国的旅馆比较好。德国的旅馆业已经有了好几百年的历史。西班牙的旅馆以不舒适和肮脏著称。在阿尔卑斯山那边旅行时,意大利的美丽代价高昂:"人们仍然像几世纪以前一样,乘这种马车摇摇晃晃地向前走。"②(歌德,《意大利游记》)"我不得不睡在桌子上。"(拉巴神父)"侄子们一心要折腾我们。"③(布罗斯,在佛罗伦

---

① 转引自希莱尔·贝洛克(H. Belloc):《往昔和今天的旅行方式》(*La Manière de voyager autrefois et aujourd'hui*),Delagrave,1930。——原注
② 译文参考了《意大利游记》,歌德著,赵乾龙译,花山文艺出版社,1997。
③ 参见夏尔·德·布罗斯(Charles de Brosses):《百年意大利》(*L'Italie Il y a Cent Ans*),Alphonse Levavasseur,1856。

萨)"皮肤擦破,饥饿……"(拉朗德)

从1809年起,总运输服务在圣母得胜路设立了中心办公室。复辟时期,车辆变成了球形。新的都市驿车有着优美的名字,这些名字后来被豪华游览车所沿用:苏格兰女人、卡罗琳、贝亚尔奈斯、白衣圣母。自1819年起,邮车(圆尾敞篷公共马车)见证了来自英国、饰有皇家徽章的黄黑两色的四轮箱型马车的影响;车夫们穿着红翻领的蓝色上衣和背带皮短裤,头戴防水帽,脚蹬骑士靴。

在1814—1837年之间,旅行的时间减半;1814年,从巴黎去马赛仍然要一百个小时;到了1837年,最多只要六十八个小时;巴黎和波尔多间的旅程用时从八十六个小时降到了四十四个小时。这并没有阻止维克多·雨果写道:"我在邮车中度过了两个夜晚,这使我深深感受到人体这部机器有多么强壮。"[1]

1830年前后,最早的铁路给旅行带来了巨大的飞跃,以至于地球很快变得叫人无法辨认。但车厢还是由马牵

---

[1] 译文参考了《莱茵河》,维克多·雨果著,刘华等译,译林出版社,2013。

旅行

引;火车头仅仅用来运输货物和煤炭。1830年,利物浦至曼彻斯特的铁路正式开通,但这条铁路上的一列火车压伤了列车的工程师。更换刹车后,火车的速度达到了每小时十八英里,这一速度使得很多人无法信赖这种新式机器。

铁路史涉及的是从1852年拿破仑三世开始的对铁路的颂扬:"因为有了'欧洲国籍',我们将忘记地图。"我们应当阅读皮埃尔·昂普的《铁轨》[1]、多特里的《工艺人》[2],以及勒格的《法国国家铁路公司》[3]。作者让我们目睹了据说被汽车杀死的铁路的最近复兴,今天它已战胜了拥挤的道路;1963年,铁路每天的客流量为五十万人次;火车上坐满了被道路的危险和道路所带来劳累吓到的疲惫的驾车人。

---

[1] 参见皮埃尔·昂普(Pierre Hamp):《铁轨》(*Le Rail*), Gallimard, 1912。
[2] 参见多特里(Dautry):《工艺人》(*Métier d'homme*), Plon, 1937。
[3] 参见勒格(François Legueu):《法国国家铁路公司,从驿车到BB型铁路机车》(*La S.N.C.F.: de la diligence à la BB*), Plon, 1962。

别了,东方快车

一边在匈牙利雪原或喀尔巴阡山脉穿行,一边在粉色灯罩的微光下享用晚餐,二十岁左右的法国年轻人情不自禁地微笑:他们想到了左拉曾大唱赞歌的最早的铁路,以及"在鲁昂停车二十分钟,让乘客吃晚饭"①的列车。《人面兽心》中的列车与东方快车之间的对比是多么鲜明啊!这新型火车配有转向架,车厢外翻腾着黑烟白尘,用煤气照明,包厢铺着青绿色天鹅绒,有着枫木风格的吸烟室,还有餐车(wagon-restaurant,不,我们应该用 dining-car 这个单

---

① 译文参考了《人面兽心》,左拉著,张继双、蒋阿华译,漓江出版社,1989。

词,因为我们正处在 footing 的时代),以及"莫泊桑小说中单身汉公寓一般的柔软室内";艾德蒙·阿布(Edmond About)在其关于东方快车通车典礼的报告中对这豪华的列车毫不吝惜赞美之词。

在头三十年里,铁路纵向发展,集中在巴黎、罗马或马德里。十九世纪八十年代铁路开始横向发展;这是国际火车在经线上向中欧或南欧的前进。这一点有着经济或政治上的考量:必须不惜一切代价征服巴尔干半岛上的新市场,由于欧洲土耳其的垮台,这一新市场在1878年就已开放。历史在加速前进,地理更是先人一步:电报电缆、用螺旋桨推进的邮轮以及铁路轨道缩小了地球。美国刚刚进行了规模巨大的铁路扩张;欧洲很晚才开始效仿美国,且修建的铁路里程仅仅是美国的五分之一。在涌向东方的新热潮中,奥地利为报萨多瓦战役之仇,将成为东方快车的中心支柱。

陌生的土地从维也纳开始;缓慢的列车,贫乏的时刻表……在比利时人的资金和利奥波德二世的财政经验的支持下,法国于1883年6月5日开通了东方快车——第一

爱德华·马奈,《圣拉扎尔火车站》

旅行

列贯穿大陆的国际火车。巴黎—伊斯坦布尔线。时刻表的和谐、服务的协调、海关或治安手续的简化、针对私人道路网恶意的胜利，从各个角度来说，东方快车都是一个进步，乘客们逐渐赞不绝口。塞纳河从此与博斯普鲁斯海岸连成一线。第一次中转发生在抵达罗马尼亚久尔久的多瑙河河湾后；乘客们被带到保加利亚的鲁斯丘克（今鲁塞），然后搭乘当地的小型火车抵达黑海岸边的瓦尔纳，在那里等待奥地利来依特公司的邮轮，邮轮会在 15 小时内将他们送到君士坦丁堡。全程用时 81.5 小时。1889 年火车有了新的改进：第一条长达 3186 千米的无中转的路线，从巴黎只要用 67 小时 35 分钟就能到达达达尼尔海峡［皮埃尔·勒农（Pierre Renon）女士和罗歇·科莫尔（Roger Commault）发表在《卧铺车杂志》上的精彩研究披露了列车改进过程的诸多细节］。

东方快车是这家国际卧铺车公司的心爱的孩子，乔治·纳杰麦克（Georges Nagelmachers）从美国获取了卧车的灵感。他历尽艰辛，淘汰了对手普曼公司和曼恩公司，并凭借毅力成功在欧洲扎下根来。个人盥洗室、梳妆间、折棚平台，昨天出行时还只能乘坐邮车、公共马车、驿车的特权阶级从此无所不适，将驿车或简陋的公共马车留给了大众。

你们在哪里呢，1914年以前铁路风光的朝圣者们？1913年，我护送外交邮袋第一次前往君士坦丁堡。奥斯曼土耳其帝国刚刚丧失了在欧洲的大片领土。巴尔干半岛各国则夺取了剩下的部分。我在东方快车的走廊里遇到了随阿卜杜勒·哈米德（Abd ulHamid）一道消失的一族，他们是奥斯曼帝国的老领主，是头戴土耳其帽、身穿土耳其长袍的帕夏（pacha）；他们把他们蒙着面纱的妻子锁在检票员无法进入的包厢内；成群的秘密特工包围着他们；因为担心新政府送来"低劣的咖啡"，他们即使在旅行时也随身携带着帕夏的咖啡壶。这是幻想破灭的人的时刻，是"土耳其问题"的时刻，是博斯普鲁斯海峡最后几艘外交之船的时刻。走在他们身后的是法那尔人（Phanariote），即居住在君士坦丁堡法那尔区的希腊人，他们通过革命，尽力继承拜占庭的传统。东方快车最秘密的场所讲述了多少离奇的故事啊！……希望使欧洲面对既成事实并回国

旅行

称帝的保加利亚的斐迪南亲王(亲王而非国王,从属国保加利亚的半君),也曾藏身于包厢内,在维也纳和索菲亚之间奔波。袍子都穿破了的法国辅导教师返回摩尔多瓦,在那里致力于教导几位王公子弟,看起来就像陀思妥耶夫斯基小说中的人物。卧车乘客群中有多少奇特的典型!我曾与一个做假数据的德国专家同住一间包厢,一个陷入绝境的东方国家刚刚聘请他来伪造预算的官方数据;我还与一个罗马尼亚人同行过,他的曾祖父在1801年的时候曾在香榭丽舍大街上撒糖粉,就为了向巴黎人展示雪橇是如何在雪上滑行的……

今天,国际列车只运载像列车一样国际化的、极其相似的公务员或非常年轻的商人;1914年以前,我们只能想到谈论着"土耳其帝国的衰落"、像诺布瓦一样的苍老的外交官,或是身为七十个董事会的成员的头发花白的金融家,抑或某些在比洛(Buloz)的《两个世界杂志》上信口开河的学术报告人。仿佛从亨利·詹姆斯小说中走出来的美国人,没有作秀,有着大量看不见的金钱;审慎严肃的美国人性格不外向,也不喝酒。拥有二十个城堡和一千个村庄的奥地利大领主穿着粗呢衣服,前往艾普索姆的某家塔特索尔重新购置赛马。富可敌国的外国人,代表了"由英国贵族组成的奥林匹斯众神"(《费加罗报》),准备去马拉穆列什射击松鸡,他们如孩童般躺在精心制作的网兜里,配着荷兰 & 荷兰公司最好的猎枪。来自维也纳的肥胖的犹太大亨用手肘推着你:"把我介绍给伯爵夫人吧……"画商少见,"见多识广的业余爱好者"则多的是。外交信函通常由两个人护送,就像鸽子一样,当一个人去吃晚饭时,另一个留下来负责护卫这些公函。俄国贷款的推销员,演员或歌唱家的经理人,著名的男高音。莱比锡的貂皮批发商。额头绘着灰色三叉戟的信奉毗湿奴的印度人,或眉间点红点的信奉湿婆的印度人。匈牙利大贵族、罗马尼亚的波雅尔(boyard)奔去维也纳消费收获的幸福果实。这些波雅尔不再身穿松松垮垮的短裤,脚套摩洛哥皮做成的靴子,腰系祖先传下来的山羊绒腰带;他们穿着从萨佛街购买的衣服,也刮掉了长胡子;人们依然按照费多①的方式,把他们

---

① 乔治·费多(Georges Feydeau, 1862—1921),"美好时代"(Belle Époque)的法国剧作家。

的同胞称作摩尔多瓦-瓦拉几亚人。

在餐车中,我又一次看到了曾在斯坦布尔大巴扎的拍卖厅中偶遇的不明性别和年纪的那群人,他们说着亚美尼亚语或波斯语;我们的通俗喜剧称他们为 rastaquouères(来自西班牙语单词 rastracueros,意为靠皮革发财的商人);克洛岱尔声称他们是如此富有,行李里都是钻石。对于这驳杂陆离的整个人群而言,东方快车就像一条真正的脐带,将他们与欧洲联系在一起。他们说着欧洲;他们以欧洲人的方式跳舞;他们在"欧洲"旅行。在他们眼中,维也纳以东都是欧洲。这些人并非独自出行,而是带着女仆和侍从(我岳父的仆人,一位瑞士人,在这所国际大学里学会了萨赫酒店或卡普萨酒店里所有的欧洲菜谱)。

正如现在有运酒的特快列车或运煤的车厢,以前也有为亿万富翁而特设的列车,这些富豪口袋里揣满了钞票,鼓吹叫卖巴黎的时新事物,"承蒙我老板看重",沿着铁路编织黄金与丝绸的生活。

1914 年的战争以及同盟国的失败给东方快车带来了第一次致命打击。从 1920 年开始,辛普伦快车夺去了它的

克劳德·莫奈,《圣拉扎尔火车站》

首要地位。战胜国们为了新同盟国意大利和南斯拉夫的利益,通过这趟新的国际特快列车,改变了旧路线。克列孟梭和墨索里尼只有一个想法,那就是阻止德奥合并,阻止哈布斯堡王朝复辟。列车车厢里载满了新的职员,人们在"土耳其之夜"还会再次见到他们。军官转为外交官,且狂热相信威尔逊主义以及小协约国的共济会会员和托洛茨基主义者。这些人离开了维也纳,这座曾经是整个近东地区教化中心、铁路中心、银行中心和政治中心的城市,从此沦为流浪汉的聚集地,伤员遍地,每个人都在忍饥挨饿(只有 Valutaschweine[①] 除外)。

从维也纳转道的新铁路系统不可能长久:小协约国从来不曾拥有形成铁路网的能力。布加勒斯特的波雅尔在纵情玩乐一整夜后,不知道怎么打发攀附上来的食客,只好租下一节车厢把他们统统带到巴黎,厌倦后就把身无分文的他们丢到大街上,这样的日子一去再不返。普鲁斯特的朋友安托万·比贝斯科(Antoine Bibesco)在谈论他的广

---

① 德语词汇,意为在欧洲经济萧条年代里东奔西走的投机分子。

克劳德·莫奈,《雪地列车》

旅行

阔领地时,不无自豪地说:"东方快车四分之三的时间都在我的地盘穿行。"在埃尔泽克杰瓦尔火车站,乘客被在月台演奏查尔达什①舞曲的乐队唤醒。这是一个匈牙利人别出心裁的愿望。他在遗嘱里留下一笔钱,足够让这些小提琴手在他心爱的快车经过时奏响乐器。

没有什么以文学开始,但万事皆以文学告终,东方快车也不例外。我不禁想到了布尔热的早期作品,想到他的《大都会》,以及巴雷斯(Barrès)笔下 sleeping② 内神经衰弱的公主们。巴纳布特③的诗歌还在记忆里传唱:

> 你在灯火辉煌的欧洲里夜游
>
> 哦,豪华的列车……

1913 年在东方快车里安睡的亿万富翁们如果在我们

---

① 匈牙利民族舞蹈。
② sleeping 是英语外来词,意为卧车,现在用法语单词"lit"(床)来表示。
③ 瓦莱里·拉尔博(Valéry Larbaud, 1881—1957),法国诗人、作家。1908 年,他虚构了一个百万富翁旅行家 A.O.巴纳布特(A.O.Barnabooth),出版旅行诗集,开启了旅行文学的新纪元。

这个时代醒来,他们将发现自己正置身格雷厄姆·格林的一部小说①中,一部不过象征了充满疯子的噩梦的小说:津纳医生、丑陋的记者梅布尔·沃伦,像舞女科洛尔·马斯克一样穷困潦倒,后者在车厢内失去了贞洁,失去了灵魂;残酷无序的世界不由自主地被带向了文明开化的结局;这有名无实的火车上的乘客不再阅读《阿佛洛狄忒》或者《巴黎生活》,而是痛苦地思索人类的境遇。神经过敏的人、碌碌无为的人、酒鬼、卑躬屈节的走私犯,纷纷因恐惧、恶行或苦难而堕落。我们的轻浮浅薄背后是他们的焦虑不安。东方快车不再是快活的所在,而是死亡的列车,欧洲的死亡列车;火车头的喘息仿佛即将梗死的心脏的搏动。

东方快车消失了,被搭载百名旅客的飞机杀死了。生产它的社会已然消亡:护照和签证、汇兑战争、新的中国长城使它一蹶不振。在铁轨上度过的长夜不复重来,人们用两个小时便能穿越大陆。国际列车不复存在:从附属的普通车厢到国有火车。大家将火车抛在脑后;邮轮不过是虚

---

① 参见格雷厄姆·格林(Graham Greene):《斯坦布尔列车》(*Stamboul Train*),William Heinemann,1932。

构的宣传;奢华,自此属于奥利机场。

但更凶险的是贝尔纳·佛朗克在《旅行杂志》上发表的《安魂曲》:"我们可以想象这样一个世界,在那里,卧车是最后的避难所。难民、流亡者、反对党,只要不离开车厢,他们就是安全的,直到生命的最后一刻,被判喝下餐车里的小瓶波尔多葡萄酒作为刑罚。卧车将变成封闭隔离的金碧辉煌的地狱。永远的巴格达,永远的伊斯坦布尔,永远的布达佩斯……"①

---

① 参见贝尔纳·佛朗克(Bernard Frank):《关于卧车的思考》(*Réflexions sur les wagons-lits*), 1960;由 J. P. Caracalla 收录于 *Voyages* 中再版, O. Orban, Paris, 1981。——原注

有益的旅行

科斯马斯·印第科普莱特斯①,埃及的宇宙志学家,六世纪他穿越亚洲返回家乡后,成了一名僧侣。所有的旅行者都应以他为榜样,即使不以进修道会的方式,至少也应在归来时检讨自己的良知。

从蒙田到纪德,有多少位作家曾把旅行作为其部分作品的支柱?痴迷远方的朝圣者啊,即使未能在那里找到任何文学灵感,也发现了道德上的辩白,以及回归社会后的位置。他以旅行履行着自己的义务。逃避没有使他得到

---

① Cosmas Indicopleustes,意为"航行过印度的水手"。

旅 行

解放,反而把他卷入其中,迫使他负起责任。

漫无目的的来回,"不想看见埃菲尔铁塔的心愿"(莫泊桑因而在阿尔及利亚和西西里岛海岸流连),肯定会让目标明确的前辈旅行家们大感意外。汉诺(Hannon)带领迦太基交予他的三万名同伴,开始了对非洲的探索;二十二个世纪后,洪堡带着德国科学杂志委托给他的三万名读者,踏上发现新世界的征程。在这两人之间,是有用的旅行家们串成的一根几乎没有中断的链条:希罗多德(Hérodote)在亚洲的道路上寻找理解波斯战争的更好时机;老普林尼(Pline)为了书写自然史而奔波;为证明其科学直觉的托勒密(Ptolémée);为草拟最早的旅行指南的谦虚的保萨尼亚斯(Pausanias);为证明地球是羊肩胛形状的人;为传播对圣墓的虔敬之心的人;为统计迷失在各个国家的教友的犹太教徒本杰明·德·杜德拉(Benjamin de Tolède);像研究巨大的植物标本一样探索世界的坎普弗尔(Kämpfer)。

这些前辈旅行家没有申请过任何护照;他们不会为了有个出行身份而与政府部门纠缠;没有一个使馆会为他们

的心血来潮或荒唐行径作保;也没有任何日报或者党派给他们提供资助。唯一的荣誉头衔便是他们的职业。旅行家们无一不把旅行视为责任,甚至浪漫主义,无不在旅行中测定未知海岸的位置,记录独特的习俗,竭尽全力促进科学的进步,为盘点地球做出贡献;麦哲伦、沙丹、塔凡涅、拉巴神父、沙勒瓦或于克等旅行家的记事本或航海日志依然具有权威性。如僧人法贤等中国旅行家的叙述带领我们的人种志学家寻到他们从未见过的挖掘地点;一些帝国的建立和部分海洋的发现都应归功于这些最早的旅行家。1830年标志着利己主义旅行的开始,标志着老爷车或单桅帆船谱写的抒情诗的开始,也标志着对威尼斯轻舟的幻想以及千米修辞学的开始。奈瓦尔像扑向毒品一样投向东方。厌倦创造幽灵的戈蒂耶去东方寻找真实的幽灵。于是,我们有了近一个世纪的自由释放,"艺术家的"独立,以及向往摆脱自己的阶层、时代和烦恼的旅客。这比浪漫主义存在的时间更长。人们徒劳地寻找一个自然主义学派的旅行者,这个人能像左拉带给实验小说一些新东西一样带给旅行文学新的元素。非常不公平的是,直到旅行家不再服务的那一天,他们才意识到公众的最大优待……

出　发

　　准备行装。我们出发！①

　　　　　　　　　　　　——奥德修斯，《奥德赛》

　　卢梭曾说："因此，我们不能够因为游历得不好就得出结论说游历没有用处。"②在他的时代，这一点尚可原谅。但在今天，我们已经有了现代旅行和国际航线。愚蠢的人也在为了出发整理行装。我们应该有条不紊地为旅行做准备。不要跳过这段时光，错过我们在静默中生发的对空

---

① 《奥德赛》中并没有这句话。
② 译文参考了《爱弥儿》，卢梭著，李平沤译，商务印书馆，2009。

间的爱,因为出发同回归一样,确乎是最美妙的时刻;就像在爱情当中,一切都比不上爱意初萌的那一刻。

长距离的旅行往往缘于巧合。遇到一个人,读文章时捕捉到一个字眼,离开的念头便这样萌生;有时,这个念头在黑暗中蛰伏了多年才迎来破晓。有时,因为深知不可能,人们玩笑般地准备一场无望的逃离,却意外发现自己已然无意识地启动了不再受自己掌控的机器:没想到逃离真的降临,自己已身在车上!

任何一次旅行都不如人们幻想中的美好……前期准备工作带来的满足感,在代理社、托马斯·库克旅行社的短暂询问,人们还从旅行社拿了《旅行报》、布莱德肖(Bradshaw)的《旅行手册》以及一沓印着红字黑字和箭头的宣传单,硬纸页上躺着船只名录,它们的名字或威武或温柔,这些名字乖乖列在铁路的尽头,仿佛一条不间断的腰带围住了整个世界;到处都是快车车站每十个小时的时刻表,几乎没有标记,这些快车不愿在任何地方停留,因为这一点,马来人认为这些火车非常傲慢。

未来旅客的房间已经贴满了照片,有冰川、冷杉、沙漠、废墟中的文明、原始习俗、奇怪的旗帜、午夜的太阳、面具和城堡。他买书,去国家图书馆查询以前的旅行家撰写的有关即将游览的国家的故事;这些经年无人翻阅的书本落满了灰尘,书页里留有肮脏的难以辨认的笔记。他要去雅典还是马德拉呢?他认为自己必须得重新读一读儒勒·凡尔纳的《伟大旅行家们的故事》,或者最大的古代旅行家百科全书——哈克鲁特学会出版的新闻简报;他想到了马可·波罗、库克、道蒂、蒙戈·帕克、利文斯顿和勒内·卡耶。

旅客昨天才刚知道这些将要造访的国度的名字,马上就把它们看得无比重要。他买了许多地图和德国地图册,地图册上标注了风玫瑰图:吹动的气流被编织成千万个方向不同的箭头,形似玫瑰的花朵;海洋的颜色从最温柔的绿过渡为最深沉的蓝;英国的地图册倒不如希罗多德和斯特拉波的著作学术性高。

某个搭顺风车的人后悔没有学过地理,或是惋惜学过的知识竟已不再适用。几天后,他的双脚就不再与地面接触。他开始了人生中的一次重大移动;他已经动身啦,这

克劳德·莫奈,《海景:暴风雨》

就是旅行的神秘主义；尽管他依旧同活着的人来往，却已不再与他们为伍。在旅客眼中，只有他要游览的国家的居民存在于世。他带着推荐信奔去该国人民的家中，打听到了上千种矛盾的消息，从一家走出又进入另一家，参观他们奇特的房屋，拜访他们默默无闻的妻子，探究那些意想不到的社会阶层。在同一天，他拜访了退休的老公务员、终日醉醺醺的船长、咖啡馆的女演员，昨天，残酷的命运将他们置于此地，而这未尝不是旅客的明朝。在巴黎城内，这已是他向新的纬度进行的第一次旅行。

他大概可以写一部小说，主人公被这比旅行本身更有诗意的初体验所诱惑，为了出发费尽气力，如同那些宣布退休但还未打算告别舞台的演员，为自身利益延续演出。罗兰·洛登巴克（Roland Laudenbach）的电影《美洲历险记》便以不动的旅行为主题，别具魅力，其中伊冯娜·普兰当和皮埃尔·弗雷纳的表演尤为精彩。为了欣赏列车的来往，弗勒斯谢想永久地成为一座车站的主人（《天桥》）①。

---

① 参见让·弗勒斯谢（Jean Freustié, 1914—1983），法国小说家；《天桥》（*La Passerelle*），Grasset, 1963。

旅行

这些人对您说:"您能离开是多么幸运啊!"话音一落他们就沉默了,眼睛不再看向您,而是落在自己身上,在一秒钟的时间里匆匆回顾自己的烦恼和沉闷的日常生活,时间一天一天流逝,他们却什么都不能做,什么都不能看;在想象中,他们给予自己随您而去的运气,片刻间离开将伴自己到老的无法改变的一切。凭一句话而被假释的犯人,沉默无言。(昨天比现在更真实。196*年,我们在理发师的窗帘后听到的正是这些经常会听到的话:"亲爱的,我推荐你去乌斯马尔……","尤卡坦,那儿美极了……"。三十年前,人们应该冒着感染黄热病的危险,去那里消磨一个月。)

自离开城市到达火车站或码头起,旅行让他重新找回的童年以及难以言说的幸福,自然且必然使他感到轻盈、自主、简单,仿佛回到了前亚当时代。

奇迹继续发生;一旦您决定离开您的朋友,就会看到他们向您走来,表现得万般殷勤,希望留住您从他们那里带走的回忆。

世界在大献殷勤。所有的冲突都平静下来,所有的风景和疾病都被饰以美丽;正因如此,您无疑已经后悔;您被泪水和亲切、感动、宽容的宁静包裹着,这与人们习惯在墓畔遵守的停战习俗并非没有相似之处。

与死人一样,旅客总能被很好地接受。

当地球在同一时间歇息……

当环境改变时,人们会面临不一致,这在艺术家看来是一种对照,但对于疲惫的旅人而言,这是重返青春的沐浴;旅行就像病人在床上翻身一样,只是为了让自己更加舒服。"让我们去其他地方看看吧……"

这世上再没有什么比瞥见一望无际的历史平原更让人好奇,仿佛教科书最后几页的概况图舒展开来的样子;在某一时间,人们可以看到令人难忘的事件、胜利、英雄的行为和天才的作品在地球的某个区域宣告自己的存在,而另一区域则发生着无数的灾难。让我们打开1000年这一章:此时的欧洲正处于野蛮甚至时而同类相食的黑暗年代。在隔壁一栏,1000年的亚洲则恰恰相反,它蓬勃发展、蒸蒸日上,吴哥窟及其荷塘正是这一时期的杰作;《一千零一夜》将首次编纂这些散发着檀香气息的传奇。在美洲一栏中,1000年的库斯科修建了镶以黄金和绿宝石的印加建筑。

从前有过"其他地方",世界以切分节奏在音调的对立和色彩的反差之中存在。十二世纪,亚西西的圣方济各降生在这颗星球的一隅,而另一隅则哺育着成吉思汗:苦难与救赎一齐出生。让我们翻到十四世纪的某一天:我们看到某些国家高筑堡垒,而其他国家则修建起了花园;这里,人们在布拉格、皮埃尔丰、纽伦堡建造模范监狱,那厢,人们为曼托瓦的天花板上色,给帕维亚的城墙镶上大理石,用金色的外币点缀科莫湖的柏树。

概况图就是这些起源于耶稣的浓缩的历史、全景图,它们给我们带来了多少奇特的对照!在这些概况图中,我们看到生与死共存,怖与美共舞。1877年,当美国因其铁路与新运河的空前繁荣而欣喜不已时,九百万中国人正忍饥挨饿。1900年,当人群涌向巴黎世博会上的僧伽罗展馆时,一百万印度人正在吉卜林①的道路上拖曳他们的骨架。正是在这最可怕的短缺中,印度建筑发展到了鼎盛时期,修建了阿格拉或蒂鲁吉拉帕利的庙宇——泰姬陵;中国则在北京建造了天坛。

在国家甚至城市的内部,这些惊人的不一致仿佛被打碎的镜子,映照出了世界的形象,在这个世界,灾难总是地方性的。感恩那些时刻吧,感恩世界没有同时遭遇厄运的那些时刻,华托②在绘画时丝毫没有把西班牙王位继承战争放在心上,波兰的四分五裂亦未阻止莫扎特成为天才。每个国家都经历了各自的荣光时分,每个民族都知晓其痛苦的风格;不幸分散在世界的每一个角落。

如果灾难仅发生在某些国家,甚至这普遍的不幸仅在一块大陆上停留,而不去蹂躏其他地区的话,如果我们享有这一特权,这该是多么美好的时光。

---

① 约瑟夫·鲁德亚德·吉卜林(Joseph Rudyard Kipling,1865—1936),英国作家、诗人,生于印度孟买。
② 让-安东尼·华托(Jean-Antoine Watteau,1684—1721),法国洛可可时期代表画家。

旅 行

今天,地球在同一时间歇息,在同一时间受难;在其经纬度的每一个角落,渴望环游世界的苦难向我们展示了唯一一副脸孔。

行李箱

浪漫主义的一本抨击册子曾谈到方便的不便之处;这里还应该加入必要的非必要性。

您会收拾行李吗?您知道如何将物品轻柔地收在一起,而不至于打开箱子时发现原来放在箱底的东西颠到了上面,或者原来在上面的东西掉到了箱底吗?没有哪个行李箱在运输时不是反着放的。您要避免这些"必要",或者像人们从前说的,避开鞍具商、皮件商引以为豪的"百货店":迅速变散的水晶、弯折褪色的镀金银器,以及沉重的东西。如果现在我们携带自己的"百货店"(开始于1913年),旅行的费用会增加一倍。

旅 行

再见吧,这些散发着一股子俄罗斯皮件味儿的浅黄褐色手提箱,巴纳布特曾为它们欣喜若狂,人们对旅游用品一览表中的这些手提箱大加赞美。把它们留给西班牙人吧,留在依然十分"阿方索十三世"式的南方快车里。

在购买行李箱时您要记得,您在长途旅行时总会有一段时间必须自己拎着它。

在讨论行李箱时我们不可避免地要提到它们的钥匙,这是旅行生活的灾难之一。除了出发前的五分钟,谁会在意行李箱有没有钥匙?

行李箱的弱点不容忽视,因为任何意外在远方都会是一场灾难,它们的弱点有:会拉掉的把手、扯开的锁;如果箱盖没有扣好就会折断的铰链;即便加固也很难承受磨损、碰撞和摩擦的箱角。(您总是要携带布带或备用皮带。)在茫茫大海上或浩瀚沙漠里,背叛您的、无法修复的拉链是旅客遇到的阴险的敌人,最终,您借了一个装土豆的袋子来装衣服,还为此庆幸不已。

谁还带着行李箱旅行呢?它们让人想起加布里埃

利·邦帕尔①,想到行李寄存处的尸体。

　　行李箱的完全消失是我们这个时代的旅行的奇特一面。三十年前横渡大西洋的旅行箱先是让位于塞在床下的客舱中的旅行箱,后被纤维或铝制手提箱所取代;这些旅行箱后来成为路易·威登先生的收藏,让电视机前的我们欣羡不已。在人们不随身携带床单、武器和餐具就不能出门的时代,盛放上述物品的铆钉箱或被放在四轮华丽马车里(或母牛上),或被踩在地下室里旅客的脚下,细木工匠的技艺在这一时期达到了炉火纯青的地步。我们依然记得二十世纪初家庭度假时所携带的必要累赘。

　　临行的礼物(兰花、书、宣传册、酒等)当场就被用掉。从里斯本出发时,葡萄牙航空公司为其乘客提供了最是醉人的波尔图甜葡萄酒;快帆飞机上,人们大声地说说笑笑。

---

① 在火车上抢劫杀人的惯犯,涉嫌杀害"电影之父"路易斯·普林斯。

没有钱的旅行

我们认识的一个身无分文的爱尔兰年轻人,用了四年时间徒步穿越欧洲,从荷兰走到了黑海。他在农场干活,扛面粉袋,给咸鲱鱼瓶做标记,刨土豆,偷粮食,打扫一个港口的码头,在另一个港口的码头仓库搬运货物,然后向新的边境再次出发,摆脱所有责任,不受任何束缚。他在这里被放逐、受迫害,没有支付能力;在那边被补偿、受供养,谨慎节制;此处名誉扫地,满身泥污;彼处正派得体,身材圆润,皮肤光滑。"我有时在马厩过夜,有时参加某个王子的舞会……""参加舞会? 你穿什么去的?""在布加勒斯特,我借了 J 的晚礼服……非常合身。"或者"为什么要买?

克劳德·莫奈,《阿让特伊的港口》

斯德哥尔摩大酒店门卫的靴子尺码跟我的一样……"我们的这位爱尔兰人在江河里洗澡,晒出一身古铜色的皮肤,在大路上接受教育,无论如何都尝到了好处,归来时会说六国话,懂十二种语言,在一生最美好的年岁里一贫如洗。

读哈瑞·马丁松①的书时我们总是想到他,马丁松这本书的副标题是"旅行诗歌"。舷窗外,月亮的倩影清晰地映在船舱的钢板上,马丁松的鼻子与水面齐平,他观察着这个世界。船首、通风管、船锚、链条、管道和缆绳构成了近景;远处,口琴声声道着"小姐再见",五颜六色的鸟儿冲天飞舞,还有那些被他称为我爱你的如树林一般的女性。

接下来是极为精确的道路标记:"德班的高大海堤是卡菲尔的祖鲁人建成的……","密西西比三角洲有三条航道……"。政治观察(没有什么比经常去海堤闲荡,在码头边懒洋洋地睡个午觉更能让人了解全国知名的温度):"英国灵魂失去了土壤……大不列颠的航海精神被美式风格取而代之。"最后,在远方,如布景一般遥远的远方,是穿透

---

① 哈瑞·埃德蒙·马丁松(Harry Edmund Martinson, 1904—1978),瑞典作家、诗人,1974年获诺贝尔文学奖。

旅行

无韵和弦的极光、暴风雨、无数雄心壮志的夜晚,以及饥肠辘辘的几个小时:

  ……墨西哥湾暖流的花园里巨大的水母如花一
  般绽放。
  ……海上的夹竹桃,闪闪烁烁。
  ……这座城市在我们看来仿佛一处丰富的矿藏,
  一个洁白的巨大容器
  里面盛着面包、工作、爱情,以及冷漠。

哈瑞·马丁松是亨利·米肖精神上的兄弟,他的书常常会让我们想到后者的《厄瓜多尔》。这两个饥饿却十分惬意的生命之间拥有多么奇妙的相似性,他们乘着独木舟或驳船,穿过一道道不知泥潭困境为何物的激流险滩。

1904 年哈瑞·马丁松出生在卜洛金(瑞典),十五岁时从农庄的悲惨生活中逃离。十年间,他踏遍了地球上所有的陆地海洋,他是商船上的小小水手,码头的装卸工,他沿着海岸线流浪,在南美洲的大草原上奔跑,在巴西擦地板;

我们现在看到马丁松在擦美丽的蓝花楹木地板,打蜡的地板像印第安混血儿的头发一样光亮!

这个回头浪子最终回到了斯德哥尔摩,但没有人大摆酒席向他表示敬意。

"一切都好得不得了,但到哪里拿钱呢?"要弄到钱,有一个直接的法子,但有时要冒着去监狱一行的风险。

当离开的欲望战胜金钱的匮乏时,这是一种真正的志向的预兆:没有什么比完成了的志向更加美好,如果这一志向没有受挫的话。并不是所有回头的浪子都会这样。看看牟利罗①笔下的浪子身上穿着的花哨衣服吧:他骑着一匹栗色骏马,身披红色披风,手里拿着一顶羽毛帽子,向父母告别。他与妓女们生活在一起,却未与她们结下任何人们在放荡时习惯建立的美好关系,因为他很快就不得不去养猪了。一个旅人应当无所不能;但这样的职业却暴露了他在动力和智力上的不足。最后,情况进一步恶化,他回家了;他回到了家乡;他在"父亲的怀抱里藏起满满的困

---

① 牟利罗(Murillo,1618—1682),西班牙画家。文中提到的画作是牟利罗的《浪子回头》。

旅行

惑"。他永远不会再离家出走了;回头的浪子不过是趁年轻荒唐一回的有钱人;他没有什么志向。惠特曼,浪子中的一个,曾歌颂过宽阔的道路:

> 啊大路……
> 我把空间大口大口地吸进……①

从前,喜欢冒险的人曾表示愿做帆船上的见习水手。邮轮的到来中断了这一职业。在对护照和工会簿的要求不严格的时期,这些贫穷的冒险家步行至下一个港口,寻找被雇佣的机会。他们得到的报酬是压碎的豌豆和系在腰上的缆绳,他们回乡时已经学到了许多,既见识了国外风情,又谙悉人的内心。多少伟大的船长就是这样磨炼出来的。从前报名成为船员的那些人如今没有别的办法,只能躺在火车车厢轴上,或者藏在飞机底部。其他人则设法躲在货舱舱底;人们把他们称为偷渡者。泊在港口的船只

---

① 译文参考了《大路歌》,惠特曼著,赵萝蕤译,上海译文出版社,1991。

是旅行的邀请，它们的魅力如此之大，使得客轮在每次横渡大西洋时都会带上好些个这样的流浪汉；他们住在牢房般的小房间里，吃着干面包，被雇来干船上最辛苦的活，任何情况下他们都不会在返程前下船。

今年，两个亚维农的少年试图乘坐从波尔旺德雷偷来的小帆船去非洲。被扣下受讯问时，他们表示想去"黑鬼们的家"，并打算在几内亚靠岸。他们带了十盒沙丁鱼、几板巧克力和一把生锈的旧手枪；看到如此多的美好愿望在我们生活的时代里遗失，人们情不自禁地战栗。暴风雨、食人族、奴隶制，十五岁的船长们本该畏惧这些东西吗？

我们曾在牛津大学的学生中发起一次徒步探险，要求学生必须凭借自己的力量跑遍加拿大和美国。探险计划包括上演古老的英国宗教剧《世人》①、朗诵、展示经过训练的动物以及魔术表演。社团的名字叫"行吟诗人"，但我们从未出发……在意大利的雪莱以及在塞文山脉的史蒂文森曾如此生活。如果一个人非常热爱与了解西欧，那么他

---

① 《世人》(*Everyman*)，英国中世纪经典道德剧。

旅 行

就会用很长时间徒步、骑驴、划船,在这块大陆上游历。史蒂文森骑着一头价值六十五法郎的母驴,带着一杯白兰地,开始了一次著名的旅行;他的行李只有"一顶毛皮帽和一盏酒精灯"。1876年,他从比利时划着"阿瑞托莎"号独木舟出发,在法国靠岸,中途差点儿被淹死,由此写下了《内河航行记》①。"我只需要纯洁的乐趣,而金钱会使乐趣全都毒化。"②《忏悔录》中的这一句话开启了漫步、遐想与植物学的时代。这个浪漫主义的漫步者、他的子孙、骑自行车的人、周游世界的人,还有童子军,都证明让-雅克的影响并没有减弱。我相信我们对于野营地、水上滑行艇、独木舟、露天烹饪以及帐篷底下的夜晚的热情,可以追溯到我们在《忏悔录》中看到年轻的卢梭在星空下安睡的那一天:"我甚至还记得,在城外的罗纳河畔或索恩河畔……的一条道路上过了美妙的一夜……我溜达着,恍如梦游仙境……天已大亮。我睁开眼睛,看见的是水和绿,一片绝

---

① 《内河航行记》(*An inland voyage*)法语译名为"le voyage au fil de l'eau",意为"逐水之旅"。
② 译文参考了《忏悔录》,卢梭著,陈筱卿译,上海译文出版社,2013。

文森特·梵高,《罗纳河上的星夜》

妙的景色。"①今天依旧如此,当夜晚渐凉,转入六月,只要想到这些文字,我们就愿放下一切,动身离开。在公开贫穷、压抑消遣的时代,阿兰·杰尔波②具体化了没有钱的旅行。他从同胞们的社会里逃离,他是纯粹的,他阅读诗歌。

流浪的人被列入迁回欧洲的战后人群之中:他们在一次大会上,一次以伟大的先辈惠特曼和杰克·伦敦(Jack London)为旗帜的真正的大会上聚在一起,辛克莱·刘易斯(Sinclair Lewis)似乎发去了慰问电报;高尔基和巴纳伊特·伊斯特拉蒂③本也可以被召唤到斯图加特来,那里正在成立流浪汉出版社,这个奇特的联合会出版了《顾客》杂志。70000人中仅有350人响应了号召。(但是,真正的流浪汉才不会回应,难道不是吗?)响应的人有写了《大路哲学序言》的格雷戈尔·戈尔,一些流浪画家,几个衣衫褴褛、留着大胡子、偷吃农作物的诗人和政治游侠,他们宣称"大路是革命的大学"。

---

① 译文参考了《忏悔录》,卢梭著,陈筱卿译,上海译文出版社,2013。
② 阿兰·杰尔波(Alain Gerbault, 1893—1941),法国航海家。他曾经于1923—1929年独自一人穿越大西洋,并周游世界。
③ 巴纳伊特·伊斯特拉蒂(Panaït Istrati, 1884—1935),罗马尼亚作家。

在以前的建议①后,其他许多灵感相同的作品接踵而来;到了今天大概可以塞满一座图书馆:R.克里斯多夫的《80美元环游世界》(1954)、P.德·波奈的《轻装上阵》(1959)、汉斯·冯·梅伊斯·特乌芬的《我的流浪汉职业》(1955)、汉斯·甘瑟的《我的第九双鞋》(1955)、F.E.泰亚克与诺曼·福特的《坐货船去哪儿旅游》、大卫·乔治的《穷人的欧洲之旅》(1959),等等。

传闻中爱花钱的美国人惊人地节俭。上文列举的最后一本书教导他们如何以美元最有利的汇率购买意大利的锦缎、英国服装、瑞士境外的瑞士手表(仅在海关外飞机上交货)。日本的彩色胶片非常便宜,但克里内克斯纸巾最好在直布罗陀使用;斯堪的纳维亚的避孕药丸无与伦比;纽约的成衣时装没有敌手;大卫·乔治比旅店的门卫或理发师知道的多得多,他提醒大家注意英国旅店里价格高昂的私人浴室;人们应该在列支敦士登购买作为收藏品

---

① 参见《没有钱如何旅游》(*Comment voyager sans argent*),Ed. Fernand Hazan, Paris, 1932。——原注

的邮票,在意大利购买法国的高级时装,在佛罗伦萨购买打字机等。

至于汽油的高价,美国道奇兄弟公司提醒他的同胞们注意"可怕的法国价格"。法国人自己也逃到国外去了;1961年,他们在境外的消费额为1.31亿美元,第二年激增到了3.58亿美元。外国人在法国平均逗留两天半,法国已成为欧洲最昂贵的国家[1]。

各地的俱乐部基于自身经验,在由坐着的公务员领导的政府前面领跑。法国政府对旅馆业征税过高,造成的后果是:六百万露营者[2]。

---

[1] 参见亨利·戈尔(Henri Gault)的文章,《巴黎报》(*Paris-Press*),1963年1月18日。——原注
[2] 参见《假期的未来》("L'avenir de vos vacances"),《快报》(*L'Express*),1963年8月。——原注

持续的迁移

十七世纪英国人讲述的"壮游"(Le Grand Tour)是指将他们的孩子遣送到欧洲游历,以完善教育;他们在这里使用的 tour 是一个古老的法语词汇,意为"远足、漫步"。从这里我们创造了旅游(tourisme)一词;这个词被细分成了登山运动(alpinisme)、骑自行车旅行(cyclotourisme)、野营(camping)、独木舟运动(canoeing)等单词。我们将在勒内·杜歇的杰作《旅游》一书中发现 tourisme 的历史。第一批登山俱乐部出现在 1875 年前后;法国旅馆集团出现在 1917 年;旅游专署及办事处的成立稍早于 1930 年;铁路员工旅游协会(1933)、野营俱乐部(1910—1928)、青年旅舍(1933)、娱乐部副部长办公厅(1936)、自发放带薪假后迅速蔓延的俱乐部(1936年后有了二十万名露营者)、野营协会总联盟等。

旅游的最大获利国是西班牙、奥地利、爱尔兰、瑞士、意大利、希腊和法国。

度假人数的纪录持有者是英国(每年两千三百万人),通过令人钦佩的精细组织,他们自己也能吸引外国游客[①]。昨天有趣但无关紧要的旅游现已成为国家的大事[②]。

旅游使数以百万的劳动者得以就业:交通、旅馆业、代理商、体育、银行、保险、广告、饭店老板、酒、海关、古董商、出租车、咖啡馆等。自1939年以来,游客的数量增加了三倍,特别是妇女与老人。各国争抢旅客。刚被拓宽的圣哥达隧道马上变得狭窄不堪,欧洲巴士、蓝色汽车、工业旅行、摩托车、陆路旅行、狩猎旅游等纷纷借此机会增强自己的能力。经济学家们苦苦思索:一旦越过边境,这些旅客

[①] 参见弗雷德里卡·奥格尔维(Frederick Ogilvie)先生[1938—1942年任英国广播公司(BBC)首席执行官。——译者注]:《旅游运动》。——原注
[②] 参见瑞士的《旅游地区的经济结构》,日内瓦;《国际旅游研究学会调查》;《旅行旅游百科大全》《旅游行业公报》《旅游名录》等。——原注

会去哪里呢？他们用什么货币结账？会坐火车吗？会买什么？他们受得了我国一直在故障中的电梯吗？会习惯没有镶边的德国床单吗？会讨厌希腊人的迟缓吗？能忍受女性不能单独外出的国家吗？他们应遵守哪个国家（瑞典、美国、英国）的就餐时间？统制经济和自由市场，他们更喜欢哪一种？每年两千三百万的英国游客在看到布拉瓦海岸时有何感受？

意大利、西班牙、瑞士或奥地利的海关关员对您微笑了？客人是这些国家出口的第一种产品，也弥补了赤字。1962年意大利有两千一百万游客；西班牙有九百万；奥地利有五百六十万……增长了百分之十；由于冬季气候恶劣，1963年的增长率更高。几百万英镑留在了这些被参观的国家。因为旅游，瑞士雇用了七十万外国劳工；英国因追逐太阳而造成的人口流失减半。西德是大输家，尽管四处宣传，却罕有旅客光顾；德国人在国外的消费比美国人还高，他们给的小费最丰厚。

值得关注的是，英国的旅游广告筹划得尽善尽美。试

克劳德·莫奈,《卢浮宫河畔》

旅 行

看《在英国钓鱼》这张折页广告：在海边或河畔垂钓的地点和时间；鲑鱼或鳟鱼（细分为虹鳟、海鳟、棕鳟等）、供使用的飞蝇、水流速度、水质、河底环境；附带地图和鱼的种类清单、发放当地许可证、允许的最小和最大重量、垂钓酒店名单。

在二等车厢的旅行

在开口狭小的、形似长方体蜂箱的车厢里,旅客宛如蜂群,嗡嗡地进进出出。如养蜂人希望的那般,仅仅让人抓住蜂箱周围的青铜,就能使火车站的"蜜蜂们"从乡村的各个角落来到法国国家铁路公司准备好的蜂巢中,填满蜂房。他们将居住在一座分为两个等级的移动城市中,如此共同度过生命中的数个小时。

这节车厢里呈现的生活图景何等法式啊!行李架上,包袱、腰包、书包、捆好的行李越摆越高,缝合的神秘盒子堆积其中,里面是以日本人的细致方式包装好的珍贵的或不珍贵的物品,口袋和空隙使行李架显得鼓胀变形,一些

旅 行

越过行李架,像中世纪摊店的抽屉一般悬在空当里。从这单独一份样本里我们收集到了多少原始的面容及人类的样品,提取了多少证据啊!我们仿佛置身在《坎特伯雷故事集》①里,这里有念《玫瑰经》的修女,对着瓶子喝酒的士兵,拿着安格尔小提琴的推销员,算账的退休者,反复念着情书的成年人和剪了一地碎纸的小孩;有长年在外奔波的签约者,出于特殊原因不得不走出房间的不爱走动的人,沉湎在梦中的吸毒者,以及在陌生风景前睁开眼睛的孤僻之人。这些人大声地交谈或自言自语,比在一等车厢里更好更快地将他们的生活展现在您的眼前。在十个小时的旅行中,人们得到了多少经验教诲啊,比在其他地方待十个月的收获还要多:采矿者在上卢瓦尔省发现了黄金。一吨木炭值那么多,捆麦秆的绳子让人负担不起。

鸡蛋壳被穿着包铁的鞋子或旧皮鞋的脚踩碎,仔细阅读过的报纸却没有被扔掉,而是被叠好带走,挥舞的手露出了戒指和它们贫乏的奥秘,衣服大声说出身份,皱纹讲

---

① 英国诗人乔叟(约1343—1400)的一部诗体短篇小说集,作品由来自英国社会各个阶层的一群朝圣者往返圣城坎特伯雷途中所讲的二十四个故事组成。

述了人的一生,面容在烟雾的晕染法里逐渐模糊……

　　让我们与邻座的人聊一聊吧;这是一天的消遣之一。要是有人介意这种打招呼的方式,他肯定不是一个旅客。在美国一路上与您说话的人是灾祸;但在欧洲没什么可害怕的。旅途中的任何一个普通的美国人都把您视为美国运通公司带来的老表。

到 达

假期（vacances, vacant＝vide①），一个正在丧失词源意义的单词。二十世纪初，vacances 尚还保有本义；那时的欧洲不像正午的地铁那样挤满了人；法国还存在空隙，空气在人群、车辆、思想、城市和事件之间穿梭流通。邪恶的增殖之神还在沉睡。夏天未曾扰乱人们的生活，没有把人群投射到依旧僻静的白色道路上；乡下人不曾离开他们的小花园；渔民还待在船上；工人也没有走出工厂或商店；有钱人把自己关在赌场里；城堡主在城楼里高卧；八

---

① 意思是空着的、空闲的。

月,门窗紧闭。铁路将城里人卸在仅有的几个固定地点:迪耶普、卡堡、埃特雷塔、特鲁维勒、鲁瓦扬。① 其他地方的海滩在土著人被屠杀后宛如大洋洲的沙滩。这些令人眼花目眩的孤独沙滩仿佛含盐的沙漠,卡昂的步兵部队可以尽情地在乌尔加特附近的奥恩炮口射击;他们没有杀死任何一个露营者,也没有破坏任何一座别墅。

昨天与今天之间的一个深刻不同之处:昨天,壮美之景被珍重收藏;而今天,它们几近强制性地被展现在众人眼前。克制、审慎、默契使真正为美痴狂的少数人对于自己的乐趣闭口不谈;少数幸运儿像吸食鸦片者一般躲躲藏藏,傻而高贵。因此,昨天没有流浪汉城市,没有旅馆业的推广、伪造的民俗,也没有旅游折扣;没有勃拉姆斯的广告、德彪西的宣传;奥义书②没有可供攀爬的斜道;奈瓦尔不像卢瓦尔城堡一样显出光辉,《米洛的维纳斯》也不曾被

---

① 皆为法国城市。
② 奥义书,婆罗门教的经典之一,音译"邬波尼煞陀"。指附在森林书之后解释吠陀奥义的一类书籍。最早的奥义书约产生于公元前 10 世纪至公元前 5 世纪。

挂在街头巷角。通往珍贵之物的道路狭窄无比;人们必须战胜满是敌意的沉默,从中发现它们,并因此得到心灵上的洗礼。在学校里,老师向我们隐瞒前莎士比亚的作品(正是马塞尔·施沃布①启蒙我们认识了马洛②、韦伯斯特③、图尔纳④);瓦莱里、圣-琼·佩斯被人遗忘;普鲁斯特引人发笑。我感激一个多管闲事的同学,他曾于1907年踏上了兰波的道路;拉法叶百货公司不会售卖他的作品。而今天,人们什么都不知道了。这应该被叫作没文化吗?巨大的太阳造成了沙漠。初等教育的人无所不知;中等教育的人幸运地遗忘了一切。这是精神高等领域的真实情况,自然美景也同样如此:尼亚加拉和萨赫勒均没有以色彩惹人注目;老虎和金枪鱼也没有向喜欢打猎垂钓的人发出邀请。大自然热爱空白。冰川上没有划痕,马特洪峰上也没有四处乱丢的香蕉皮。艺术和自然曾经是真实的,如

---

① 马塞尔·施沃布(Marcel Schwob,1867—1905),法国作家、诗人、翻译家。
② 克里斯托弗·马洛(Christopher Marlowe,1564—1593),英国伊丽莎白时代的剧作家、诗人、翻译家,莎士比亚的同时代人。
③ 约翰·韦伯斯特(John Webster,约1580—约1624),英国剧作家。
④ 西里尔·图尔纳(Cyril Tourneur,1575—1626),英国外交官、剧作家。

克劳德·莫奈,《挪威雪中的红房子》

此真实以致人们竟然忘了这个词是欺诈者的发明。自从如此多的法国葡萄酒被掺入阿尔及利亚原酒以后,人们可以在缀上去的标签上看到这样几个无耻的字:"真正的葡萄酒"。

此处是比海洋更加明显的蔚蓝,它就是港口;此处是张着大嘴的航空站,它就是终点。"什么!昨天晚上发生了什么!三个小时前我还在巴黎呢?"总有一些人们尚未适应的难以置信的时刻,新鲜的空气使瘫倒的身体迷醉,人们仿佛收到了无所不在的神或恶魔的赠礼。诚然,使一切变质的书籍也伤害了我们,让我们成为永远不会感到惊讶的存在,总是准备好"认出"一切:我们走进莫斯科的雪天,不惊不喜地坐在横滨的东洋车里,在邻国人民如生命般宝贵的狂欢节中纹丝不动,没有笑意。直到后来事物才不再与书本告诉我们的一样。您向一个半圆走去;他们是一群旅店信使,他们跑遍了车站,却没有权利在礼服衣领上别上金钥匙[①]的标志。

[①] 国际旅馆金钥匙组织源自讲究精致服务与品质的欧洲,1929 年由大使饭店的皮耶·昆汀(Pierre Quentin)在巴黎发起创办。

旅 行

　　我们可以在此处惊呼:"这就是我想要生活的地方吗?"没有任何地点像理想中的黄金之国。①(爱伦·坡)"夏天这儿的人很多吗?"我们向特内里费岛的渔民打听。"像蚂蚁一样多!"他回答。在过去荒无人烟的坎佩尔,我们发现了旅行汽车城市;微型大区、一米宽的街道、用汽车前灯照明的露天电影院、被固定在树上的插座(方便露营者使用电动剃须刀)。我们的天堂变成了小型人间地狱②。对所有人而言,是那么美好;对于我们来说,是如此糟糕。

---

① 译文参考了《爱伦·坡诗选》,爱伦·坡著,曹明伦译,外语教学与研究出版社,2013。
② 参见保罗·莫朗:《海水浴,梦之浴》,La Guilde du Livre, Lausanne, 1961;Arléa, Paris, 1990。——原注

速　度

"首先,您要慢,"反旅游办事处主任向他的上级通信处长官建议道,"应该杀死速度这个杀手。用现在的雄辩术扭断它的脖子。引擎发出噪声,就像那些无话可说的人。因此,我的朋友,我相信您会拆除油箱,把沙子放进涡轮机,砸碎着陆区的水泥,还我们一个适宜居住的法国。三个月后,我们必须比古代的中国人更加不友好地对待外国人,人们不会再到处看到同胞。要是有人想去哪个地方,让他们走着去。于是,在博斯平原尽头的他们将看到夏尔特尔大教堂的尖顶一点一点升高,而不是在十分之一秒内就登上教堂;去菲斯的路上,他们不得不拄着木棍,敲

旅 行

打路面,再也不能在离开荣军院的地下酒吧四分之一小时后就站在旅店酒吧前;他们不会被告知任何事情,不知道这个菲斯在两百公里外的内陆;他们依然相信雨果,在八十名船夫的帮助下,从菲斯向卡塔尼亚远航[①]! 不要忘了烧掉旅行指南、地图和贝德克尔丛书[②]。我希望我们的文明保卫自己,而不是到处递眼色,在顾客身后伸着善意之手奔跑;为了让玻利维亚人免受旅途中的舟车劳顿,我们就差把凡尔赛宫寄过去了。来吧,您要加快速度!"

——"加快速度!"您依然喜爱速度,主任先生,别人却不可以!

——我喜欢速度本身。它像反光的黑色手枪一样美丽,我是说,在那个为了阻止民主政体沉睡,我们用手堵住最后审判爵士乐的喇叭声的时代。

——今天,声音被超过了;是它在我们后面追逐。

——超过声音的人将被超过光的人所超越。速度是

[①] 参见《东方集·海盗之歌》,维克多·雨果著,张秋红译,译林出版社,2013。
[②] 十九世纪德国出版商卡尔·贝德克尔(Karl Baedeker)所出版的《贝德克尔旅游指南》,囊括了欧洲各国的旅游指南。

一条充满死亡的道路。这是一种谁都无法得到满足的永恒的渴望,一种被但丁遗漏的酷刑。还有什么比记录的翌日更悲哀呢?记录本身就带来了自己的死亡讯息。任何认可都是一封通知信。速度是一种短暂的狂热,比爱情还要短暂。遍地都是速度的王者。速度是湿婆的最后化身,无穷无尽地围绕自己旋转,直到什么都看不见,什么都想不到,甚至直到废除了速度这一概念。这不是外部投射,而是一种抽象的冲动,一种只滋养了己身的空虚的自私。这是最后的反省,是孤独,是夜晚。

开车旅行

汽车将是名副其实的住处。

——查理·约瑟夫·德·利涅亲王，
《旅行的艺术》，1797

人类从石器文明走到了钢板文明。

——米歇尔·博斯凯，《快报》

汽车让我失去了非常多的时间。我在车库、工厂和饮食站抛洒了生命中的许多年，为购买而犹豫，为延迟交货而顿足（1930年，我足足等了一年），对所拜访的车身设计

旅 行

者感到失望(1925年,我只买了汽车底盘;六个月后才买了车身),因调试、校准、修理、检验而心烦意乱,因一切把我卷入转卖或回购的漫长谈判的事情而恼火。1920年的车库,到了二十世纪六十年代依旧是车库,里面停满了汽车,却不见人影,周日关门,到了晚上就变得空空荡荡,午餐时又挤得无法活动,有时一个一言不发的卡比尔宿命论者占领了车库,而人们却从来没有在里面看到半个人影,更枉谈向人倾诉自己的困难了(车库,从来只是机壳底下的托架)。在车库门口,时间暂停飞逝,历史也止住了加速前进的步伐。

在所有的汽车中,纯血统布加迪威龙是最不坚固的:等待猛然发动的美妙时刻得有多大的耐心哟,人们花了好几个钟头来节约一分钟!汽缸除碳、车轮平衡、平行性、同步,为了去朗布依埃的一小时车程要在车间里待两小时。在时间方面,大跑车是一种可怕的快乐;我们只有节约时间才能更好地浪费;驾驶赛车驰骋就是在给予自己生命。三十年前背上褡裢里装满备用蜡烛的情景还历历在目;在我连体裤的右口袋里揣着点火花塞的金属刷,左口袋里是拆火花塞的管状钥匙和检测火星的带云母窗的小工具。司机们动辄抬起引擎盖,把头伸进发动机;任何美丽的风景都比不上发动机的完美轮廓,布加迪告诉我制造发动机的这些工人是十六世纪莱茵河盆甲锻工的直系后裔。多少遗失的爱!多少遗忘的照管!多少对一辆二十马力无气门的跑车的喜欢,一升油能跑一百公里!使我鬓发变白的不是路上的灰尘,而是这不受处罚的癖好:速度。人们在 7 号国道①上大口吞下的速度。在国道上,每十公里只有一辆汽车经过,然而拉尔博告诉我驾驶员们会像家人一样相互问好。速度,直到今天,我同样喜欢,尽管我不得不与大家分享我的快乐。我向速度要求的,就是把我送到自己的前面。

今天,匆忙的人在两辆汽车之间分享自己的生命。他把四马力、无害、机动的那辆命名为笔形汽车,另一辆高大、骄傲、个性满满,后面拖着挂车(美国有四百万人在挂

---

① 7 号国道也被称为"碧海蓝天之路",全长 996 千米,曾经是法国最长的国道,以巴黎为起点,一直南下,经勃艮第西部、奥弗涅北部、罗纳河谷、爱斯特尔高原,直抵蓝色海岸法意边境小镇芒通。

旅行

车里生活;法国1962年颁发了五万张挂车许可证)。对于匆忙的人来说,小汽车不是用来在巴黎城内出行的——我们不能要求不可能的事情——而是把他带到他可以换乘的路边。简而言之,小汽车负责他在地铁口和家之间的接驳。至于大汽车,它瞪着车前灯的黄色大眼在白色牢房里等待。它是献给速度女神的还愿物。拥有这一无用的奇迹实在荒谬;而丧失这一奇迹,尤其在晚年,则非常可怕。有时,制片人会把它借去拍摄穿黑色皮夹克①的古惑仔电影。为什么把车停在路上?它还没出发就已到达。它的美就在于静止和潜藏的力量。这位幽禁在穆斯林后宫里的宫女有着诗意宇宙的不真实性。这是一种用于怀旧的机械:它满足了缩短我们与生物、与生命之间的距离这一愚蠢需求。在实用车辆组成的长浪里,它纹丝不动,有着怪物一样无济于事的庞大。它潮鸣电掣,速度快到未来在它的车轮底下成为当下。我无法想象有一天它会老旧过

---

① 黑色皮夹克(Blousons Noirs),一种受摇滚乐影响的亚青年文化,有着特殊的着装方式,二十世纪五十年代首次出现在法国,1958—1961年发展到巅峰,六十年代后半期逐渐消隐。

时,正如我无法想象一个漂亮女孩的骨骼。

忙碌的人只能在凌晨四点把这个怪兽驶出,那时黄灯还在闪烁;这辆超级跑车是一个神秘人物,"他"只在夜晚出动;毫无耐心之人扑到"他"身上,抚摸着"他"的钢铁皮肤;是的,沿着铺了黑色床单的道路前行,这个毫无耐心之人和他深爱的怪兽有着一场肉体交易。

这对道路、对汽车难舍难分的爱啊!摆脱重力和躯体的束缚,感官和心理上的同时愉悦,使得汽车成为水妖奥汀①的姐妹。这一想象不亚于其他任何假想,它把一个从外面看如此愚蠢的忙人,变成了某种意义上的隐士,一个在极致速度里寻找静止的苦行者,他坐在方向盘前就像坐在山洞里。对于他所存在的问题,从未有人回答过。

啊,汽车!

---

① 奥汀(Ondine),欧洲童话里的水中精灵,她用永恒生命换取和人类相爱,并得到人类的灵魂。

返　回

夏日,昨天的避暑者们需要一些消遣,赛马、赌场、舞会、沙龙舞、散步、"远足"、烧烤、宴会等,同时穿着用旅行箱带来的合适的衣服。今天,人们不再要求被取悦,他们只需要不被激怒:大海、太阳、沙滩、美酒,再加上一张橡胶床。他们的愉快不再需要别的什么来锦上添花。这一切花不了多少钱,一个水手包就能装下。

不,旅客没有完全破坏一切:他们装点了夏日威尼斯的美丽(冬天的威尼斯简直阴森可怖),美化了滑雪者们走后一片狼藉的四月山村!

保罗·高更,《午休》

当人们看到高级行政人员或政府官员去"游学"时,应该不寒而栗;大权在握的人已不再处于学习的年纪;他们本该知道。

作家,对其时代影响最大的作家,都曾出去旅行:蒙田、卢梭、伏尔泰、贝纳丹·德·圣-皮埃尔、夏多布里昂、乔治·桑、拜伦、拉马丁、克洛岱尔、圣-琼·佩斯、米肖、贝尔纳诺斯、塞利纳。

我们不要仓促地讲"将要去"的旅行的坏话。一座城市给您留下的印象,一个新国度带给您的冲击,这些总之都是第一个四十八小时的事情。否则就是几年后了。

如果有人真的为了学习而去旅行,那么他应该独自出门;之后将有其他无数次机会两个人结伴出发(或不出发)。

旅行

伟大的旅行家丹纳谈到了对思考者来说无比宝贵的幕间休息,它是未被占用的时间、主人准备的餐饭、在车站的等待、睡觉和起床。

闲逛并不是浪费光阴;神也会衰老。古人欣然接受迷路女神维比利(Vibilie)。

旅店老板不会恼火于诸如房间内的厨房、洗衣间,旅店对面的野营地,以及仓促动身这样的琐碎小事。

小费。1936年,旅店员工的要求:"别再给羞辱人的额外报酬了!账单的百分之十五就够!"从此,百分之十五挂在旅店账单上,小费到处都在给。

汽车把我们送到乡村、道路和客栈,带我们去冒险,去利用大城市之间的空间,(城里人说)几个世纪以前这些地方就被遗弃给农夫耕种了。

旅客是错觉的受害者:他们几乎总是辛辣地批评所在

的地方,而一旦回到家,又会为其高唱赞歌。我们曾居住在不健康的天空底下,曾在这些地方度过致命的几个小时,但以后,我们会突然怀着热情、兴奋以及荒谬的怀旧之情谈到那有益健康的气候、高贵的居民以及美丽的云彩。因此,我们对所参观国家的赞美不及对自己国家的间接批评多。J. 阿特金森[①]说得非常好,"异国情调与批评有关"。

远方来客的谎言拆不穿。我们深知十八世纪旅行者的著作对观念演变所产生的影响。再往前两个世纪,蒙田在著名的《论食人部落》一文中做了很好的示范。正是在他的文字里,人们首先发现了对作为比较的外国风俗的关心,这关心将萦绕在十七世纪的不信教者和十八世纪的"哲学家们"的心头。"旅行(著作)创造了一些……早已不存在的幻象……(我)可以像古代的旅行者那样,有机会亲见种种奇观异象……不然就成为现代的旅行者,到处追寻已不存在的真实的种种遗痕……对野蛮人说声心爱的再

[①] 约翰・阿特金森・格里姆肖(John Atkinson Grimshaw, 1836—1893),维多利亚时代的艺术家。

见,与探险告别!"①R. 阿特里②在其近来作品《该隐的孩子们》中摧毁了高贵的野蛮人的神话。"有了自然这个词,我们失去了一切。"③(夏多布里昂)

"看的渴望"和"不安的情绪"是我们这个时代的特征。不应以两只鸽子中后悔的一只为借口而放弃。卢克莱修曾说,人们"像摆脱沉重的负担一样不停地更换地点"。个人可能一无所获,但新的秩序将诞生于所有这些国际性的劳累之中,诞生于愉快和劳动、心情和习俗、服装和语言、信仰和时尚的交换当中。人们越是旅行,国与国之间心灵与精神上的交换就越多,冲突就越难发生。人们将嘲笑我们的和平条约,嘲笑以前的国家,就像嘲笑那条赋予卢尔德居民权利,以割掉胆敢跨过大门的隔壁圣比村村民一块肉的中世纪敕令一样。

---

① 译文参考了《忧郁的热带》,克洛德·列维-斯特劳斯著,王志明译,中国人民大学出版社,2009。
② 罗伯特·阿特里(Robert Ardrey, 1908—1980),美国作家、剧作家。
③ 出自《阿达拉》(*Atala*)第一版序言,夏多布里昂,Migneret, 1801。

旅　伴

福楼拜或柠檬冰激凌

情侣们,幸福的情侣们,你们愿意分开吗?
那你们就去遥远的海岸旅行吧……①

——佚名

一块出门上路的人不多;人彼此害怕。②

——斯坦贝克

---

① 根据《拉封丹寓言·两只鸽子》改编,原句为:"情侣们,幸福的情侣们,你们想旅行,只要到附近地方就行。"
② 约翰·欧内斯特·斯坦贝克(John Ernest Steinbeck, 1902—1968),美国作家,1962年诺贝尔文学奖得主。此处引文出自《人鼠之间》,张澍智译,上海译文出版社,2004。后半句有删减,原句为"也许是因为这个鬼世道叫人彼此害怕"。

旅 行

最好不要做这种选择;有时,偶然也会成就好事。两人结伴的旅行是一场巨大的考验。看看福楼拜和马克西姆·迪康两人的东方之旅吧。1849年2月在鲁昂,当迪康告诉福楼拜自己的计划时,后者激动地大声说:"不能跟你一块儿去真是太可气了!"接着,为了让母亲同意自己与友人同行,福楼拜使尽了法宝。但母亲一许可,他就变得小心翼翼起来。"这个他渴盼至极的许可反倒带来一种令他诧异不已的沉重负担……梦想比现实更能叫他满足。"① 如果旅行是一场您收到门票的梦,那么福楼拜的梦则跟那些没买票的人的一样。

性格内向的人只能独自旅行,《圣安东尼的诱惑》的作者便是其中之一:"他一点儿都没有迪康的持续兴奋;他既安静又充满活力,讨厌运动或行动。他曾经喜爱旅行……一动不动地躺在无靠背沙发上,如同欣赏全景画一样看着风景、废墟和城市从他眼前经过。"

---

① 本篇文章的引文均出自马克西姆·迪康(Maxime du Camp):《文学回忆录》(*Souvenirs littéraires*:*Flaubert*,*Fromentin*,*Gautier*,*Musset*,*Nerval*,*Sand*),Editions Complexe,2002。

在这方面,福楼拜就像利涅亲王描述过的驿站站长。他失望的真正原因可能是亲爱的马克西姆·迪康的存在,这是个多嘴多舌且令人难以忍受的旅客。觉察到朋友的厌倦,迪康在抵达开罗时对福楼拜说:"要是你想回法国,我把我的仆人送给你做伴。""不,我都已经出发了,我将跟着你;向左向右对我来说都无所谓。"福楼拜只想着他的小说。"看到非洲的风景,他想象诺曼底的景致……在下努比亚边境……在尼罗河畔……他发出一声叫喊:'我想到了!我要叫她爱玛·包法利!'"巴尔扎克也是如此,他什么都没看,却记住了一切。

当可怕的南风吹来,酷热难当之时,福楼拜对迪康说:"你还记得我们在托尔托尼咖啡厅吃的柠檬冰激凌吗?"五分钟后,他继续说道:"啊,那些柠檬冰激凌!玻璃杯周围有一圈像霜一样的水汽……在库塞尔沙漠的我们就缺少它啊!"

"我了解居斯塔夫……什么都不能阻止他。他又变本加厉地开始了……'柠檬冰激凌!柠檬冰激凌!'我再也克制不住了。我对自己说:'我要杀了他!'"

旅 行

……凌晨三点,两个朋友分别骑着一头单峰骆驼,都一言不发。"三点半的时候,福楼拜挽着我的胳膊对我说:'谢谢你没有一枪打破我的脑袋;换作是我,我可忍不住。'"

世上最美的风景

一份日报问:世上最美的风景是什么?

一想到被看作地理小玩意儿的收藏者,被当成日落收集者,人们只会感到烦恼。

美? 我们并不多么美丽英俊,但我们深爱着自己。有时,最微不足道的静物在我们眼中就是世上最壮丽的面容,烟草盒、烟斗里的烟垢、开裂的老墙,我们不会以它们交换象群或化石森林。

有时(比如今天),人们对美没有渴望。在那些日子里,我们不想看到黄金托盘里的托莱多、卢克索、里约热内

旅 行

卢、凡尔赛,或是赞西比河瀑布,一点都不想!在那些日子里,下龙湾让我们打呵欠,喜马拉雅叫我们厌倦,整条亚马孙河也无法令我们满足。

美并未待在地球上的某一个角落等着我们造访;她就在我们心里。就算有人将大峡谷的绚丽多彩或莫卧儿帝国的玉山铺展在一个庸俗灵魂的面前,他的平庸念头也不会减少分毫。这个观点并不新鲜。波德莱尔以及最后的浪漫主义者对此早就有过阐述,从青少年时起我们就知道,风景是一种精神状态。这意味着有多少种感情就有多少种风景,意味着我们创造的风景与自己的心情相符。对喝酒的人来说,小酒馆里"碧绿的酒泉"①将圭亚那的热带风光、卡纳克的多柱神庙展现在他们眼前,那一排排黑暗渗水的石柱比君士坦丁堡的拜占庭下水道更加神秘、更加潮湿。

但是,如果调查者被醉梦中的人拒绝,转向那些如泰

---

① 出自兰波《渴的喜剧》("Comédie de la Soif")一诗。

克劳德·莫奈,《冬季印象·拉维科特的塞纳河日落》

旅行

奥菲尔·戈蒂耶所说的"认为外面世界存在的人"[①]，即转向艺术家们，他也不会得到对他那个荒唐问题更有利的回答。艺术家隐姓埋名地享受自己的快乐。即使他否认自己是一个美景的自私自利者，即使他没有为了凝视去过的奇迹而闭门不纳，即使他同意与公众分享他最美好的回忆，他无论如何也不会将这些奇迹分门别类，进行排名，就像古希腊的迂腐文人做的那样，为代代教育工作者列出了世界七大奇迹。这些奇迹一个比一个丑陋，而且除了吉萨金字塔以外，其他的奇迹都幸运地消失了，作为公平的回报，今天的人们比起吉萨金字塔更加偏爱塞加拉金字塔。世界美景竞赛委员会甚至没有就这些奇迹达成一致意见，有人提出把亚历山大灯塔换成耶路撒冷圣殿，有人认为巴比伦空中花园不如埃皮达鲁斯的阿斯克勒庇俄斯神庙合适，并在这个嘈杂市场中向信奉者提供基齐库斯的阿德里安陵墓作为记忆出错时的备用。

---

① 参见泰奥菲尔·戈蒂耶：《龚古尔日记》（*Le Journal des Goncourts*），1857年5月1日。

观　点

今天,行李装好后,眼睛得盯着秤,以免超过航空公司所允许的重量。如果先生多放一条领带,女士就得拿出一双袜子。

拜伦,这个想法、女人和世界的追逐者,曾经想给自己的快艇取名为厌倦,或者更温和的烦恼。

一位诗人的诗句让我们想到了《两只鸽子》的开头(开头或结尾,因为这篇寓言的中间部分写得不大好,记叙了一只鸽子的冒险经历)。这句诗是这样写的:

旅行

> 世间最美好的旅行
>
> 就是一个人走向另一个人。

冬天在埃及,六月在巴黎。像燕子一样赶时髦。

"他的妻子没道理希望他去旅行,因为他一点都没有让她感到厌烦。"(塞维涅夫人)[①]

离开的人将被撕碎,但留在原地的人也会跌成碎片。

我希望待我死后,人们会把我的皮肤做成行李箱。

待在家里是一种疏忽,早晚会因此受到惩罚。

"今天,乘飞机去旅行的人比坐轮船的旅客多多了。"

[①] 塞维涅夫人(Mme de Sévigné, 1626—1696),法国书信作家;引文出自 *Lettres de madame de Sévigné avec les notes de tous les commentateurs*, Lefèvre, 1843。

(《泰晤士报》)

请您不要忘记:旅店房间的钥匙、床上的睡衣、浴室的肥皂和海绵、床头柜抽屉里的首饰、在门房那儿的下一个地址。在出发前,检查归还给您的护照是否弄错了。

与没有首饰的女人一道去旅行的男人是身在福中不知福。

护照:旅客应随身携带护照。这是它存在的理由。事实上,每个人都在努力把您和您的护照分开:旅店门房、警察、海关关员、邮局工作人员、旅行社、乘务长、卧车检票员。所有人都扑上去,贪婪地享用这个战利品。

苏联从1932年开始强制推行内部护照;不随身携带者罚款十一卢布。任何时长二十四小时以上的出行都应上报警察局。

马来西亚是一个擅于起美丽绰号的国家。您喜欢被

旅 行

叫作大眼睛旅客吗?

在瑞士边境不得不说明旅行动机的雨果夫人非常愤怒地写道:"为推翻瑞士政府而来。"①

伯格森说过差不多这样一句话:为了引人发笑,应该比较彼此毫无关联的事情。这就是让旅行者高兴的原因。离开,就是比较。

监狱中天生的旅行者会冒着摔断脖子的危险仔细观察窗户、天花板、走廊和排水沟。

十二岁时,我拥有了第一辆自行车;自那以后,人们再也没有看到过我。

愚蠢的海关人员,他们给胳膊上带着沉重黄金、钻石

---

① 参见 M. 阿尔多(M. Althoy):《旅游生理学》(*Physiologie des voyages*),1841。——原注

的旅客放行,却去搜查一个运送一千克葱的家庭主妇!

旅行报可以借鉴各种体裁:哲学和温泉游记(蒙田)、回忆录(卡萨诺瓦)、历史(夏多布里昂)、内心独白(乔治·桑)、政治访问录中的风景描述片段(托克维尔)、一位部长的评价(戈平瑙)、通俗易懂的新视角人种志(列维-斯特劳斯)。

旅行,是逃避熟悉的恶魔,远离其阴影,"播撒"其复制品。有时他要提前几小时、几天。于是,烦恼减弱了,长期的痛苦以及随之而来的神经质也消失了。多么快活啊!但敌人已经重新抓住了您,他就在您身上:结束了。

每个地方的人都在对我们说:"不要走得那么快,留下来吧!"但是,只有我们才知道还有什么在等待我们去欣赏。

请带上(一个资深旅行者的建议):复式插头、双电压

旅行

加热垫、双电压加热水壶、两个电动剃须刀、小额外币、大号鞋子(旧、大)、针、纽扣、折叠剪刀、安全别针、鞋带、皮带或绷带、茶苯海明(防晕船)、氯霉素、青霉素药膏、塔夫绸医用胶带、易洗衣物(尼龙、涤纶)、纯铋、镇痛丸、袖珍书(可以扔掉)、耳塞、放大镜、两副眼镜、小折刀(开罐器)、十二张护照照片。

等待一个人的命运,等待死亡:让我们从不等它们开始。

您在忍受噪声、活动的折磨吗?我们的时代让您生病了吗?请您试着变成噪声、变成活动吧,您周围的一切都将显得安静。

失落的天堂依然存在;但它们的存在悬于一线:温莎家族的一个周末,《国际先驱论坛报》的某篇文章……

偶然从来不是糟糕的伴侣。

观　点

没有什么比在旅途中遇到一个疯子更令人好奇。

日常生活与自由之间的反差是如此强烈,以至于耶耶摇滚乐①迷们没有国籍区分,他们在旅途中变成了真正的疯子;他们不是艺术家,却宣称自己是;他们扔掉鞋子、蓄起胡子,光脚走进博物馆。我们从报纸上看到女孩子们故意穿得破破烂烂,为了五法郎裸露身体。所有人都飞向展品。"杰克·凯鲁亚克②的《在路上》是他们的枕边读物,如果他们不在外面睡的话。""尼斯警察局将他们运回朱安雷宾警察局,因为昂蒂布③警察分局局长曾用大客车把他们一直遣送到土伦。"(报纸)

---

① 耶耶摇滚乐(yé-yé),二十世纪六十年代初出现的一种音乐潮流。yé-yé 是"Yeah!"这个词的演绎,在当时法国青年们刚开始接触美国摇滚乐,这些音乐里的"Yeah!"可能是除了"baby"之外他们唯一能听懂的词了。
② 杰克·凯鲁亚克(Jack Kerouac,1922—1969),美国小说家、诗人、艺术家,垮掉的一代中最有名的作家之一。
③ 昂蒂布,全名"昂蒂布·朱安雷宾"(Antibes Juan-les-Pins),是一个位于法国东南部地中海沿岸的市镇,法国著名的滨海旅游度假区。

爱德华·马奈,《海滩上》

在客西马尼园的一个晚上,我和我国领事馆的一位老译员回忆皮埃尔·洛蒂①在橄榄山跪到黎明的事:洛蒂拍打着他不信教的心脏,让祈祷迸发出来。"一直跪到黎明!"老译员感叹道,"是我陪他去的。洛蒂先生立刻颤抖起来,我还听到他说:'我没穿大衣,我们快点回去吧!'"

谁将讲述旅行的悲喜剧?

十年来,马贝拉的土地价值增加了百倍。但一个园林工人也没有:所有人都变成了泥瓦匠。

六年前,在西班牙、西属摩洛哥打猎,一分钱也不用花。今天,手持大猎枪的欧洲人平均每天要在这里消费五千法郎。苏格兰人不得不在挪威钓鲑鱼,因为他们把自己国家的河流租给了美国的亿万富翁。

港口的诗歌曾是久坐不动的人的发明。港口是被填满或搬空的脏地方。要说里面有什么是好的,那就是船

---

① 皮埃尔·洛蒂(Pierre Loti, 1850—1923),法国小说家、海军军官。

了,但船并不属于港口。

彩票的预期利润不如火车票的利润高。

永远不要买往返票。

头顶极地,脚踩厄瓜多尔;不管人们做什么,总是在我的房间里旅行。

"在旅行中,我感受到了和平与安全。"(歌德)

旅行是一支新鲜的舞蹈。从爱丁堡到普罗旺斯地区埃克斯的音乐节,从斯卡拉到拜罗伊特的歌剧节,从荷兰到美国樱花大道的郁金香,抑或从查尔斯顿到克什米尔的杜鹃花,垂钓爱好者的不列颠哥伦比亚省鲑鱼湾,狂欢节爱好者的里约、巴塞尔以及新奥尔良,打猎、圣周、赛船、奥运会,今天一切都可以提供,一切都被给予,一切都在庆祝,除了家里。

观 点

每个政体都有自己的道路:独裁有它的高速公路可走;自由也自有它的蜿蜒曲径。

卡萨诺瓦①,出色的导游:他总是空闲,总是被驱逐。"他被建议离开所有的地方。"他的一生只是一场旅行。他使欧洲每一处好地方都重新焕发光彩:苏黎世的佩剑旅馆、加来的金色海湾、日内瓦的中立旅店、纳沙泰尔的十三区②。

人们说石油杀死了煤矿,却忘记了对小行业来说,任何产业都比不上铁路致命:差不多十年的时间,运输者、车夫、船工、驿站站长、饲马员等都消失不见了。我们看着汽车将当地的小零售商们置于死地。

---

① 卡萨诺瓦(Casanova,1725—1798),极富传奇色彩的意大利冒险家,晚年用法语著有自传体小说《我的一生》。
② 参见《卡萨诺瓦的放肆性格》(*Extravagante personnalité de Casanova*)中的优秀篇章"旅行者卡萨诺瓦"(Casanova voyageur),J. Legras, Grasset, 1922。——原注

旅行

在旅行中,一些人冷酷无情,但大部分人变得不那么粗俗无礼。

极权国家陷入了对旅客的恐惧之中,后者带来了外面的空气,并对该国的外汇胃口很好。

在本国没有或不再有听众的一些人为了能够成为先知而去旅行。"我们在自己居住的国家中不再受到尊重。"利涅亲王说。

歌德或总是提前的旅行者说:"人们以为我还在魏玛,其实我已经到爱尔福特了。"

真正的旅行者能走动是因为他比社会环境更加轻盈,就像浮到表面的气体一样。

海洋法的一个表达让我们浮想联翩,学习一下:大冒险契约。

观 点

对年轻人的忠告：我们在伦敦城内，或周日的英文报纸上发现了一些真正的处理商品，一些低价旅游信息（未使用的回程票，开往澳大利亚或印度的私家车上的空位，个人租用的飞机上的空座，空舱返回的货船，朝圣者的列车，大学、共济会、体育业、广告业的海上航行，雇佣大学生做水手的游艇等）。在法国，人们每个月都要查阅《旅行杂志》。

离开，就是对习惯的胜诉。

今天，骑马旅行在英国、奥地利、匈牙利大受欢迎；十个月后，它在法国也流行起来。（法国旅游俱乐部的出游，达索航空、贝希纳集团、法国银行的赛马俱乐部，等等。）

出发！这个优秀发射物的梦想。

漂泊的人并非不易相处。他只是喜欢宏大的联系。

保罗·高更,《沙滩骑士》

观　点

新的利涅亲王们:在四月底,人们会看到一百七十列火车在一天内穿过瑞士——三十万意大利工人要回家投票。

赞美自己的墓地:尸体的观点。这具尸体的第一个动作是什么呢?跳上灵车!

法国人有时自费去旅行。

今天,说一个人"流浪了很久"已不再是一种诋毁。

"人口的坡度倾向于流向温暖的气候。"①(夏多布里昂)芒什隧道将清空英国。

当一个人归来时,是地球缩小了,还是他长大了?

---

① 参见夏多布里昂:《墓畔回忆录》(*Mémoires d'outre-tombe*),Eugène et Victor Penaud frères,1849。

旅 行

环游世界已不再是冒险的一跃。

在飞机上看欧洲。在舷窗俯身看到的地方:里斯本和塔霍河河口、伊斯坦布尔和马尔马拉、雅典比雷埃夫斯、威尼斯。多瑙河的三角洲、巴利阿里群岛北部的悬崖峭壁、科西嘉的顶峰、白雪皑皑的尼斯—日内瓦、坎塔布里亚海岸。

"如果尚福尔①曾旅行过……"(利涅亲王)

混血儿是旅行的纪念品。

参观过许多国家,在成熟时变得年轻,这是幸福的秘诀之一。

---

① 尼古拉·德·尚福尔(Nicolas de Chamfort,1740—1794),法国剧作家、杂文家。

偶然会在任何时候把您送出去。您会利用这类机会吗?

在"法国人不懂地理"和"法国人吗?到处都是!"之间,三十年光阴如流水般匆匆逝去。

旅行本该在《论现代兴奋剂》这本书中占有一席之地。"在旅行中心灵可以持续不断地练习注意从未见过的新鲜事物。"①(蒙田)

"旅行实在是一堂耐心课。"(利涅亲王)

旅行-逃亡。(摘自一个享乐主义者的记事本)

1947　在卡瓦莱勒,它已变成了圣特罗佩;去穆然看看吧……

1949　穆然,唉!但托雷莫利诺斯还是一个未知的极

---

① 译文参考了《蒙田随笔全集》,蒙田著,潘丽珍等译,译林出版社,1996。

旅 行

好的避难所!英国为直布罗陀海军少尉的母亲提供的唯一一小笔抚恤金。

1953　度假车侵入了托雷莫利诺斯。我们一直跑到了马贝拉;那里只有西班牙人:俾斯麦家族、梅塞施密特家族、霍恩厄洛家族……

1960　在马贝拉,科克多①装饰了安娜·德·蓬博②的店。人们建造希尔顿酒店。人们等待温莎家族。我们逃吧……

1961　阿尔赫西拉斯无法居住,但旁边是塔里法③,多么阿拉伯啊,或贝赫尔,欧洲的最南端。没人想来这里。海滩绵延,一直到特拉法加角!

1962　塔里法—丹吉尔空中渡轮,就在明天……谁可以挽救!

1963　……我们去大西洋上转了转,直到马德拉:里

---

① 让·科克多(Jean Cocteau,1889—1963),法国诗人、小说家、剧作家、设计师、编剧、艺术家和导演。
② 安娜·德·蓬博(Ana del Pombo,1900—1985),西班牙设计师、商人,可可·香奈儿的私人秘书。
③ 塔里法的名称来自随阿拉伯征服者一起上岸的一个柏柏尔人的名字。

德花园里种了芙蓉和山茶花林。并且没有航线……

1964　马德里机场的落成典礼把我们抛到了亚速尔群岛。欧洲在这里长眠,坟墓上开满了杜鹃花。这里是天堂。

197＊　我们不得不退到圣赫勒拿岛……

时间吹皱了人的皮肤,磨亮了轮胎的外衣。

间谍和骗子总是有合法的护照。

人们为了观看,为了倾听,为了忘记,为了不再看而去旅行。

人们终于生活在了汽车上。现代的大开支,不是住宿,而是汽车;不是午餐,而是汽油。

贝壳放逐制:古人为其敌人提供的免费旅行;如今,人们提供了大使馆。

旅 行

在旅行中,灰色变成了玫瑰粉。

在旅行中讲外语,便可不与同胞交流。

工业过热发展的国家所争抢的外国劳工只是通过寻找工作来免费旅行(北欧的保姆、德国的大学生厨师等)。在瑞士三个月后,我们的西班牙理发师出发去了加拿大;在巴黎,一个加泰罗尼亚雇工留在我们家只是为去伦敦旅居而做准备。我们来自阿利坎特的园艺工摇身一变,成为瑞典的教师。这么多的理发师在旅行。

横渡大西洋的客轮如同一个失明的独眼巨人,被小拖船牵着驶出港口。

昨天的人类有两个祖国;今天的每个人都有四五个。

昨天的人类说两种语言,心的语言(lingua del cuore)和面包的语言(lingua del pane);今天又增加了太阳的语言(lingua del sole)。

格言和谚语

没有旅行过的人充满了偏见。(哥尔多尼①)

旅行教导宽容。(本杰明·迪斯雷利②)

寄居异乡的陌生人。(《出埃及记》)

旅客只看到了建筑的正面。(伏尔泰)

---

① 卡罗·奥斯瓦尔多·哥尔多尼(Carlo Osvaldo Goldoni, 1707—1793),出生于威尼斯共和国的意大利剧作家。原句为"没有离开过故乡的人充满了偏见"。
② 本杰明·迪斯雷利(Benjamin Disraeli, 1804—1881),英国保守党政治家、作家和贵族,曾两次出任首相。

文森特·梵高,《阿尼埃尔塞纳河大桥》

人在旅行中繁殖。(红衣主教奎里尼)

德国,为旅行而建立;法国,则是为了生活。(维拉尔元帅)

最重的行李是空钱包。

每一片云都要提防的人,
永远不会去旅行。

旅行是严肃的人生活中的轻松部分,轻浮的人生活中的严肃部分。(斯威特切尼夫人)

在异乡,我感觉像在自己家。(亨利·米勒对劳伦斯·德雷尔说)

在旅行中死去

"我愿意死在马上而不愿死在床上。"(蒙田)这就是一个男人,这就是一位旅行者。他还说:"我们可以在自己人当中生活、欢笑,但最好到陌生人中死去,去表示对人世的厌恶。"

托尔斯泰下定决心离开亚斯纳亚·博利尔纳,是因为他感觉在此地比在远方更加孤独;1897年6月8日,他在那封给妻子的著名的信中写道:"如印度人一般,到了六十岁就去森林中隐居……"我们知道,托尔斯泰病逝于阿斯塔波沃的一个火车站。

戈平瑠有着同样的临终逃亡的想望;他在利古里亚旅

店载他去都灵火车站的公共马车里去世。对于一个伟大的旅行者而言,这难道不是最美好的死亡吗?

至于司汤达,他未能在心爱的米兰合眼,而是倒在了巴黎,他决定倒在外交部前……

真正的旅行者,像狼一样,死在自己的皮毛里。

图书在版编目(CIP)数据

旅行／(法)保罗·莫朗(Paul Morand)著；唐淑
文译. 一南京：南京大学出版社，2019.8(2022.3 重印)
ISBN 978-7-305-21603-9

Ⅰ.①旅… Ⅱ.①保… ②唐… Ⅲ.①随笔—作品集
—法国—现代 Ⅳ.①I565.65

中国版本图书馆 CIP 数据核字(2019)第 013493 号

Le Voyage
By Paul Morand
© 1994，Éditions du Rocher
With offices located at 28, rue Comte Félix Gastaldi – BP 521 – 98015
Monaco www.editionsdurocher.fr
Simplified Chinese translation copyright © 2019 by NJUP

江苏省版权局著作权合同登记　图字:10-2017-555号

出版发行	南京大学出版社
社　　址	南京市汉口路 22 号　　邮　编 210093
出 版 人	金鑫荣
书　　名	**旅　行**
著　　者	(法)保罗·莫朗
译　　者	唐淑文
责任编辑	甘欢欢　陈蕴敏
照　　排	南京紫藤制版印务中心
印　　刷	南京爱德印刷有限公司
开　　本	787×1092　1/32　印张 5.5　字数 76 千
版　　次	2019 年 8 月第 1 版　2022 年 3 月第 2 次印刷
ISBN	978-7-305-21603-9
定　　价	49.00 元

网　　址	http://www.njupco.com
官方微博	http://weibo.com/njupco
官方微信	njupress
销售咨询	025-83594756

* 版权所有，侵权必究
* 凡购买南大版图书，如有印装质量问题，请与所购
　图书销售部门联系调换